マイ・ブルー・ヘブン
東京バンドワゴン

小路幸也

集英社文庫

目　次

登場人物

五条辻《ごじょうつじ》咲智子《さちこ》　子爵・五条辻政孝《まさたか》の長女。度胸があり、〈動ぜずのサッちゃん〉と呼ばれる。

堀田草平《ほったそうへい》　東京下町の古本屋〈東京《とうきょう》バンドワゴン〉の2代目店主。インテリ。

堀田美稲《みね》　草平の妻。明るく朗らかだが、夫より一歩下がってしっかり家を守っている。

堀田勘一《かんいち》　草平の長男。がらっぱちの江戸っ子。口より先に手が出る性格。

大山《おおやま》かずみ　堀田家に居候する9歳の戦災孤児。

高崎《たかさき》ジョー　混血の若き貿易商。〈稲妻のジョー〉の異名をとる、青い眼の美男子。

和泉十郎《いずみじゅうろう》　元・日本陸軍情報部の軍人。着流しをまとい、癖のある喋り方をする。

マリア　日本人離れした、華やかな美貌のジャズ・シンガー。さばさばした性格。

ブアイソー　ジョーのボスで、草平の古い友人。国の政の深い部分に関わる、謎の人物。

顕円《けんえん》　近くの神社の神主。草平の幼なじみ。

祐円《ゆうえん》　顕円の息子。勘一の幼なじみ。

介山陣一郎《かいざんじんいちろう》　鉱山などを多く所有する実力者。〈東北の鬼神〉と呼ばれる。

ヘンリー・アンダーソン　ＧＨＱ参謀第二部の将軍。マッカーサーの最大のライバル。

ネズミ　ツイードのスーツ姿でふいに現れる町のチンピラ。ジョーの仲間。

海坊主・山坊主・川坊主　介山に仕える者たち。皆、坊主頭をしている。

マイ・ブルー・ヘブン

東京バンドワゴン

prologue

昭和二十七年四月

いつの間に誰がつけたのか、居間のラジオから音楽が流れていました。

「あ」

これはジーン・オースティンの歌う〈My Blue Heaven〉です。〈私の青空〉です。結婚式のときに皆で歌いました。マリアさんもわたしも大好きな曲。ジョーさんがクラブのピアノで弾いてくれた事もありましたし、そういえば十郎《じゅうろう》さんが、照れながらテノールのような歌声を響かせてくれたのもこの歌でした。

そんなに昔ではないのに、もう遥《はる》か遠くの出来事のよう。

縁側から庭に降りると、もう散ってしまった桜の木に葉が青々と繁《しげ》っているのが眼に入りました。皆で、「花は桜木、人は武士」なんて謳《うた》いながら、この小さな庭に車座になってお花見の宴をしたのは、ほんの何日か前だというのに。

ぽっかりと、胸の中から何かが無くなってしまったような気がします。もう家の中に、この〈東京《とうきょう》バンドワゴン〉に、あの人たちの賑《にぎ》やかな声が響くことはないんだと思うと、そのぽっかりと空いた胸の何処《どこ》かに淋《さび》しさがどんどん募ってくるような心持ちになり、思わず胸に手を当ててしまいました。

みんな、行ってしまったのです。遠い遠い国へ。かつて戦争で敵として戦った国へ。

ぽん、と、肩を叩《たた》かれました。

「勘一《かんいち》さん」

「昼間だってのになに黄昏《たそが》れてんだよ。かずみに笑われちまうぜ」

振り返ると、居間の縁側でかずみちゃんがにこにこと微笑《ほほえ》んでいます。我南人《がなと》はぴったりとくっつくようにして、かずみちゃんと戯れていました。

「そうですね」

勘一さんが、肩に置いた手を軽く優しく動かします。

「ま、急に淋しくなっちまったけどよ」

ついさっき、皆を見送った玄関の方を振り返りながら言いました。

「運が良けりゃ、お天道《てんと》さまが気まぐれでも起こせば、また会えるだろうさ」

勘一さんがそう言ってわたしを見て、それから空を見上げました。春の霞《かすみ》の朧《おぼろ》を溶かすように、陽の光が降り注いでいます。どこまでも拡《ひろ》がる青空が、あの人たちの行く末を祝福しているみたいです。

「そうですね」

「おう」

「会えるといいですね」

「会えるさ。その日まで皆で元気に暮らしてよ、長生きしないとな」

勘一さんを見て、頷《うなず》きました。

マリアさん。

ジョーさん。

十郎さん。

皆は、わたしを救い、そして自分たちの新しい人生を求めてかの国へ、アメリカへ旅立っていきました。

そうです。あの人たちのお陰でわたしを縛っていたものは全て解かれて消えました。マリアさんもジョーさんも十郎さんも、自分のためにではなく、わたしのために七年もの長い間ここに居てくれたのです。そして、わたしに無償の愛を注いでくれたのです。どんなに感謝してもし尽くせません。

その温かな思いをしっかりと受け止めて、楽しかった日々の思い出を胸に、わたしは生きていかなきゃならないんです。
新たな血が通い出したこの国で。

日本は、生き返りました。
あの日と同じように、また何かが始まるような気がします。
淋しさではなく、希望の光が胸の中に灯《とも》った、あの日と同じように。

第一章〈On The Sunny Side Of The Street〉

昭和二十年十月

一

八月十五日。
あの夏の日のことを思うと、ただただ青い空だけが脳裏に浮かんできます。
まるで台風の過ぎ去った後のような、澄み切った綺麗《きれい》な青空。
濃紺、もしくは藍色《あいいろ》と言ってもいいぐらいの深い深い青空。
ほんの二ヶ月前だというのに、その日の、その一日の記憶がほとんどないんです。わたしは自分の家の庭で、強い陽射しを避けることもしないでただただ立ち尽くしていたような気がします。

悲しくはありませんでした。

嬉《うれ》しくもありませんでした。

でも、何かが始まる、と思ったのはしっかり覚えています。

そしてどんな事であれ、始まりにはいつも希望が付いて回るものだと思います。ですから、胸の中のどこかに、希望という名の灯火《ともしび》が灯《とも》った事は確かだったのです。

希望。

それは戦争中に消えてしまった言葉だと思ってました。

勝てない戦争。

わたし達家族はよく判《わか》っていました。絶対に勝てるはずのない戦争を日本はしているんだ。けれども日本国民である以上は、そしてお国のためにと戦って死んでいく多くの人が居る現実の中では、それは、決して言ってはならない言葉だったんです。

〈万に一つの希望も無し〉

父が何度も何度もわたし達に言っていたのです。ですから、希望という言葉はこの数年間に消えさっていました。わたしの胸からも。多くの国民の胸からも。

それが、あの夏の日に甦《よみがえ》りました。

どういう時代がやってくるのかはまるで判りませんでした。

それでも、確かに戦争は終わったんです。

何かが、始まろうとしていたんです。

この二ヶ月の間にも、日本国民は打ち拉《ひし》がれながらも、そして戦争は終わったんだという事実に戸惑いながらも、逞《たくま》しく甦ろうとしているように見えました。東京中が焼け野原ではないかと思えるような惨状の中でも、人々は復興への歩みをどんどん進めているんです。こうして二階の窓からでもその様子を窺《うかが》い知る事はできます。崩れ落ちたビルや焼け野原となった町並みの間から立ち上るのは、爆撃による火事の煙ではありません。人々が生活のために煮炊きをする煙です。同じ煙でもそこには天と地ほどの差がありました。

秋が深まりつつある十月の半ば。わたしは二階にある客間の窓を拭《ふ》きながら、そんな事を考えてぼうっとしていたんでしょう。電話が鳴っていたのにも気づかずに、誰かがそれを取って話す声が聞こえて、それで我に返りました。

電話が鳴ったのは久しぶりです。いったい誰から、と思う間もなく、下でどたどたと足音がして、どこかの扉が乱暴に開けられ閉まる音が家中に響き渡りました。

「え？」

何があったんでしょう。あの扉の開け閉めの乱暴さは尋常ではありません。お手伝いのハナさんも居ない今は父か母なのでしょうけど。

首を傾《かし》げながら窓から離れて、一階に降りようとした時です。

「咲智子《さちこ》！」

「はい！」

今の今まで聞いたこともない、父の切迫した声が階下から響きました。驚く前に身体《からだ》が反応してわたしが階段を駆け降りるのと、父が駆け上がってくるのが同時でした。

「咲智子！」

「お父様、どうなさいました!?」

そう訊《き》くと、父は何も言わずに明らかに慌てた様子で私の手を取り、扉が開かれたままになっていた玄関脇《わき》の控え室に引っ張っていきました。遠慮も何もない凄《すご》い力です。

父は窓の方を見やり何かを確かめるようにして、それから座りなさいとソファを示します。わたしは怪訝《けげん》に思いながらも言われたように腰掛けました。父はわたしの向かいに浅く腰掛け、気づきませんでしたが、手に持っていたものをそっとテーブルの上に置きました。

木の箱のようです。大きなものではありません。ちょうどわたしの日記帳が入るぐらいの厚さと大きさ。表面は箱根の寄せ木細工のように見えます。

「これは？」

　とても綺麗な作りの箱です。

「いいか咲智子、時間がない。よく聞きなさい」

　時間がない？　確かに父は慌てているように見えます。普段の冷静な父からは想像もつかない程に。

「今からお前はこれだけを持ち、すぐに浜松の東雲《しののめ》の家に向かいなさい」

「静岡の伯母《おば》様の家？」

　勢い良く父は頷《うなず》きます。

「列車の切符は用意しておいた。これだ。今、この家に居るのは私達だけで車は使えない。だから、お前は一人でその足で東雲の家に向かってくれ」

「東雲のお家はご無事なんですね？」

　静岡県の浜松市にいらっしゃる宣子《のぶこ》伯母様。以前に会ったのは、もう四、五年も前になるでしょうか。

「無事だ。そしてお前がこれを持っていくやも知れないことは既に承知だ。いいか咲智子」

「はい」

「列車は動いてはいるが、知っての通り混雑でひどい有様だ。そして、戦争が終わって生きる力を得た人たちも多いが、町には疲弊しきった人々が溢《あふ》れている。お前のような若い娘一人の浜松までの道中は危険を伴い、相当な苦労を掛けるとは思うが、誰も付けてやることができないのだ」

その顔に苦悩が浮かんでいます。これほど辛《つら》そうな父を見るのは初めての事でした。

「この箱は、その時が来るまで決して開けてはならない。もっともこの細工を開けられる人間はそうは居ない。そしてお前はこの箱を肌身離さず持ち歩き、寝る時も片時も手放してはいけない」

「その時、というのは」

父の唇がまた真一文字に結ばれてから、開かれました。

「その時が来たら判る、としか言い様がない」

父はそこで腕時計を見ました。

「まだ午前の九時過ぎだ。うまく行けば夜になる前には着けるだろう。だがいつもの装いで一人で行くのは目立って危険極まりない。あぁ早くしろ」

母が同じように慌てた様子で部屋の中に入ってきました。手に着物を持っています。もんぺに女学校のセーラー、そして絣《かすり》の着物を直した外套《がいとう》です。

「お母様」

「咲智子」

顔が青ざめています。いったい、いったい何が起こっているのでしょうか。

「他の荷物は何も持たなくていい。これを着て、そしてその箱はこの鞄《かばん》にしっかりと隠して行ってくれ」

鞄は着物を仕立て直して、それに革を貼《は》ったような肩掛鞄です。この箱だけを入れるために作られたかのように、箱の大きさにぴったりでした。

「直《す》ぐにですか」

「直ぐにだ。そしてもう一つ」

「はい」

「途中、何があっても、真っ直ぐに向かってくれ。いいね？」

ただこっくりと頷くしかありませんでした。父は会話する時間さえ惜しいように早口で続けます。

「繰り返すが、どんな人物に会おうが、声を掛けられようが、真っ直ぐに浜松に向かうんだ。何か怪しいとか、危険だと思ったら迷わずに逃げなさい。お前の足なら大抵の人には負けないだろう」

「それは」

その通りです。わたしは〈韋駄天《いだてん》〉と呼ばれるほど足が速いんです。世が世ならオリンピックにも出られたのではないかと言われるほどで、男女問わずに今まで駆けっこで負けた事がありません。大学で陸上部だった父さえわたしには敵《かな》わないんです。

　でも、それは。逃げろということは。

「この木箱を狙《ねら》って、わたしを襲う人が居るかもしれないという事ですか？　お父様」

　父は、溜息《ためいき》を大きくつくと頷きました。

「その通りだ。許してくれ。大事な一人娘にそんな危険な事を命じる父を。だがしかし、今、これを託せるのはお前しかいないのだ」

　びっくりしました。父の眼が潤んでいます。

「初めて、娘の前で己の不明を恥じる」

　生まれて初めて見る父の涙です。そして、服と鞄を差し出してきた母の眼にも涙が溢れていました。わたしが立ち上がって着物を受け取ると、母はわたしの身体をしっかりと抱きしめました。

「咲智子」

「はい」

「元気でね。しっかりと生きるのよ」

「お母様」

　まるで今生《こんじょう》の別れのような言葉と態度です。浜松の東雲さんは母の実家ですから、形から言えば孫がお使いに行くだけのことでしょう。

ですが、この木箱です。

「お父様と、お母様は」

「私達は」

そこで言葉を切り、眉間《みけん》に皺《しわ》を寄せました。

「理由は言えないが、おそらくはここから連れ出され、しばらくお前とは会えなくなるだろう」

連れ出される？　それはどういう事でしょうかと訊こうとしましたけど、父の表情のあまりの険しさに、躊躇《ためら》ってしまいました。何かとんでもない事が起こっているのには違いありません。わたしには判らない、何か。

「お前も知っての通り、訊いてはいけない事、話してはいけない事、そういうものが多く私の肩にのし掛かっている。それは理解できるだろう」

頷きました。判ります。

「これも、その一つだ」

寄せ木細工の箱を指差しました。

「何が、入っているのでしょう」

「中には」

「はい」

父は、一度唇を真一文字に結びました。

「これの中身も、誰にも言えないことのひとつだ。お前に伝えずに頼もうかとも考えたが、判らない事ばかりではこれを守りようもないだろう」

「守る」

この箱をわたしに託して守らせようというのでしょうか。だとしたら、その通りだと思いました。一体何が入っているのか判らなければ薄気味悪くてしょうがありません。

「ある、政治に関わる文書が入っている」

「文書」

そうだ、と父は頷いて続けました。国の政治に関わる文書を、わたしに？

「どんな内容のものかは言えない。ただ、大変重要なものだと思ってくれ」

そうなんでしょう。それは父の態度からもよく判ります。それにしてもそんな大事なものをわたしに預けてどうしようと。

何がどうなっているのかは全然判りません。でも、事の重大さだけはひしひしと伝わってきます。父と母が何処《どこ》かへ連れ出されるというのも、おそらくはこの木箱の中に入っている文書のせいで、父はこれを隠し守らなければならないのですが、どうにも身動きが取れなくなってしまったんでしょう。わたしに託すしか、今は手段がないのです。そうとしか思えません。

父や母の悲壮な表情を眼の前にして、胸の奥から大きな不安感が湧《わ》き上がってきましたけど、わたしはそれを無理やりに抑え込みました。

出来るだけ力強く頷き、返事をしました。

「判りました。任せてください。お父様、お母様」

この木箱を守らなければならないという決意をしたんです。信頼に応《こた》えなければならない。そして、父や母に心配を掛けてはいけないと思ったんです。

「では、急げ。すぐに着替えなさい」

父が部屋を出ていって、わたしは母に手伝ってもらってその場で着替えました。着慣れた部屋着を脱ぎ、もんぺに穿《は》き替え、木箱を鞄に入れて斜め掛けにします。

母は何も言わずに眼を潤ませながら、わたしの腰までもある長い髪を巻き上げピンで留めてくれました。

「お母様」

「なぁに」

「まさか」

口にしたくはありません。でも、確かめずにはいられません。

「このまま、二度と会えなくなるような事には」

母が、口を手で押さえました。そのまま下を向き、首を二度、三度横に振ります。

「そんなことは考えたくありません」

「でも」

「咲智子」

顔を上げ、わたしを見ました。

「お前も、五条辻《ごじょうつじ》家の娘です。何があろうと」

何があろうと、強く生きるのです。母がそう言いました。

「咲智子！」

部屋の外で父が叫ぶのと同時に、家の表側に車の音が響きました。何台も何台も車寄せのところに停《と》まる音です。扉が乱暴に開けられ、父が飛び込んできてわたしの手を取りました。

「急げ！　裏口から、地下の防空壕《ぼうくうごう》を通り表に出て行くんだ！」

急げ！　という父の声を背中にわたしは廊下を走りました。迷いはありませんでした。わたしに与えられたのは、この箱を、五条辻家の娘として命を懸けて守るということなのです。

正面の玄関を乱暴に叩《たた》く音が、後ろから響きました。

二

空襲は東京の街を全て焼き尽くしたかのようですけど、不思議な事に焼け残っている建物も多くあります。特にそれぞれの駅の近辺には煤《すす》けてはいるものの何事もなく使えるようなビルディングもあり、そこで営業をしているお店などもありました。

上野駅辺りはものすごい活気に溢れています。すぐ向こうの廃墟《はいきょ》と化した辺りでは、ブルドォザァという土木機械がごぅごぅと音を立てて土地をならしているんですが、その音が、耳障りな機械音がまるで子守歌に聞こえるぐらいの喧騒《けんそう》なんです。そこを歩きながら、わたしは、不思議と落ち着いていました。ひょっとしたら顔には笑みさえ浮かんでいたかもしれません。

性格なんでしょう。父にも「お前には少し娘らしい可愛らしさが必要だね」といつも苦笑されました。

もちろんわたしだってまだ十八の娘です。驚いたり悲しんだり喜んだり、喜怒哀楽というものは人一倍持っているけど、どうもそれが大袈裟《おおげさ》に態度には出ないで、落ち着き払って見えるようなんです。お友達の間でも〈動ぜずのサッちゃん〉という渾名《あだな》で有名でした。わたしは、そんなつもりはまったくないんですけど。

それでもやっぱり、同じ年頃の女の子より多少は度胸があるようです。戦争が終わってそれぞれの家に戻ったり、学校に顔を出したりしているお友達は「怖くて町を歩けない」と言いますが、わたしは全然平気です。

この間も浅草の市がものすごいという話を聞いて出掛けてみたのですが、本当にものすごい様子に驚きました。

とにかく自由に歩けないんです。焼け落ちないで残ったコンクリートの建物の脇にたくさんの店が開かれ、そこにまたたくさんの人が集まり、威勢よく何かを売る声や何かが響き渡る中を、皆で固まって移動しているというような感じです。売っているものはどこで集めてきたんだろうと思えるような品物ばかりでしたが、あちこちから値切ったりするような声が聞こえてきました。

着ているものもひどい有様になっている人がほとんどですし、思わず眼を背《そむ》けたくなるようなお年寄りや子供の姿も多く見られます。それでも、戦争中に比べるとその活気は段違いでした。そしてその空気が、熱気が、わたしにはとても楽しく嬉しく感じられました。

この上野駅近辺も浅草辺りと同じようにとても賑《にぎ》やかです。

まだ午前の十時過ぎだというのに、開いている食堂には既にたくさんの人が並んでいました。わたしが着ているものは古着を仕立て直したものですけど、それが上等な衣服に見えるほどボロボロの姿をした人が多く眼に付きます。それどころか元が何色かも判らないような下着姿で、呆然《ぼうぜん》と座り込んでいる子供も居ます。

思わず、自分の胸を押さえてしまいました。奥の方が痛くなります。

戦争が一体何をこの国に与えたんでしょう。考えれば考えるほど、その愚かな行いに憤りを感じます。一体誰が、何を求めて、人と人が殺し合うなどという蛮行を進んでしたのでしょうか。

けれども、戦争は終わりました。

今は、アメリカがこの国を、いえ今は日本は国ですらないんです。アメリカの占領下で、新しい国に作り替えられる途中なんです。

周囲には軍服を着たアメリカ兵の皆さんの姿も多く見られます。

あそこでは優しい笑顔で子供にチョコレートを配っています。難しい顔をして駅の入口で辺りに気を配っている方もいらっしゃいますし、ふと見るとバラックの陰で何やら背の低い怪しげな日本人と会話をしている兵隊さんも居ます。

わたしが父の仕事の関係で出会ったアメリカの方は、ほとんど皆さん優しい方ばかりでした。

戦争に勝って占領しに乗り込んできたとは思えないほどフレンドリーで、そして、上層部の方の中には、この国の将来を本当に真剣に考えてくれている方も多いと父から聞いています。決してそういう事を口にしてはならないと教えられてきましたけど、負けて良かったんじゃないかとさえ思います。

「急がなくちゃ」

肩から斜め掛けにした鞄をわたしはしっかりと胸の辺りに抱え込みました。この群衆です。何が起こるか判りません。掏摸《すり》やかっぱらいも横行していると聞きます。

それでも、視界のどこかにアメリカ兵の姿があれば安心だと思っていました。もちろん彼らにはそれぞれ役割分担があるんでしょうけど、治安維持というのが基本姿勢だということです。何か騒ぎがあれば駆けつけてくれるでしょう。

切符売場もまたすごい人の波でした。一体何百人並んでいるのか見当もつきません。父が切符を手配していてくれなかったら、浜松に行くまで何日掛かる事やら。

『Excuse me?』

突然後ろの方の、頭の上から英語が降ってきました。驚いて振り向くと、アメリカ兵の方が三人立っていました。

普通の、その辺りで子供たちと戯れているようなアメリカ兵の方じゃありません。それなりに地位のある方なんでしょう。帽子をしっかりと被《かぶ》り、勲章を付けた制服を着ています。そういう方が二人に、黒いスーツ姿にソフト帽を被った男性が一人。

『Yes?』

　そう答えると互いに顔を見合わせ、頷き、英語が判るのですね？　と訊いてきました。

『判ります』

　これだけの会話で、周りにいる人たちがざわざわとし始めます。まだこの国には英語を流暢《りゅうちょう》に話せる人はそう多くはありません。

『ちょっとこちらへ来ていただけますか？』

　スーツを着た男の人がわたしの肘《ひじ》を軽く摑《つか》んで引っ張ろうとしました。思わずわたしはそれを振りほどきました。

『何処のどなたでしょうか？　わたしは急いで向かわなければならないところがあるんです』

　そう言うと、男の人たちはちょっと顔を見合わせました。

『貴方《あなた》は、子爵の五条辻政孝《まさたか》さんの御息女、咲智子さんでしょう？』

　どうして知っているんでしょう。わたしは咄嗟《とっさ》に嘘《うそ》をつきました。

『違います』

　アメリカ兵の方は顔を見合わせて、少し苦笑しました。

『お手間は取らせません。ちょっとこちらへ』

　わたしの言葉を無視してそう言いながら、取り囲むようにして外へ外へと押し出していきます。男の方三人の力に敵うはずもありません。さっきまで何かあれば頼りになると思っていたアメリカ兵の、それもたぶん偉い人なのですから、騒いでも普通の兵隊さんは来てくれないでしょう。

『やめてください』

わたしはまた腕を振りほどこうともがきましたが、敵いっこありません。

『騒いでも、得になる事はありませんよ。お父様やお母様が御心配でしょう』

スーツ姿の男の人が言いました。

『それは、どういう意味ですか』

『いいからこちらへ』

『嫌です！　放してください！』

つい声が大きくなってしまいました。一体何なのでしょうこの人たちは。父や母が何処へ行ったのかを知っているというんでしょうか。

見ると、道端にジープが停まっていました。あれに乗せられてしまうんでしょうか。肘をしっかりと摑まれて痛くて身動きができません。ひょっとしたらこの人たちはこの鞄の中の木箱を狙っている人たちなんでしょうか。

父は言っていました。途中で何があろうが、真っ直ぐに浜松に向かってくれと。それが、それが果たせそうにもありません。走り出しさえできれば、この人たちにも負けない自信があるのに、いつの間にか強く握られた腕はまるで動きません。

悔しくて、涙が出そうになったその時です。

「おう！　待ちな！」

唐突に大きな声が響き渡って、わたしたちを遠巻きにしていた人たちの一角が、ざっ、と音を立てて分かれました。

そこに、若い男性が居ました。

腰に手を当て、仁王立ちして、こちらを眼光鋭く睨《にら》みつけています。

年の頃はわたしと同じぐらいでしょうか。真っ白なシャツに黒いズボン、がっしりとした体つきで背は高く、坊主頭です。でも、何故《なぜ》か真ん中の辺りの髪の毛だけが異様に長く伸びています。あんな髪形見たことありません。

まるでニワトリの鶏冠《とさか》のようです。

「黙って聞いてればアメさんたちよぉ！　そのお嬢さんはそんなに嫌がってるじゃねぇか。嫌がる女を無理やり連れてくってのはあれか？　アメリカ式ってやつなのかよぉ！」

日本語で言っているので二人のアメリカ兵は少し首を傾げました。スーツを着た男の人は日本語が判るようです。ムッとした顔をしましたが、軽く二人に首を振って無視しようとしました。

でも。

驚きました。

『どうやら日本語が判らないようですから、貴君たちの言語で話してあげましょう。その手を放せ、と私は言ってるんですよ？』

英語です。それもどこかにすごい訛《なま》りのあるアメリカン・イングリッシュではありません。綺麗な正統派のキングズ・イングリッシュです。日本語のときの江戸っ子口調とのアンバランスに、わたしは驚いた後に、こんな時ですけど思わず笑ってしまいそうになりました。

その男の人はつかつかと近寄ってきました。周りの群衆はいったいどうなることかと息を潜めて見つめています。

『君には関係のない事だ。引っ込んでいたまえ』

「関係のねぇことだぁ？　ところがよぉアメリカさんよ。この日本にはなぁ、〈義を見てせざるは勇なきなり〉ってぇ言葉があるんだよ。知ってるか？」

スーツの男の人が通訳したようです。兵隊の、わたしを捕まえていない方の人がかなり怒っています。顔が真っ赤になっていました。アメリカの方は白人ですから、顔の赤さがよく目立ちます。

「もうひとつ教えてやらぁ。そのお嬢さんは嫌がってる。嫌がる女に無理やりってのはな、日本じゃあ〈野暮〉ってんだよ。そいつはな、最低の男ってぇ意味なのさ」

そうだそうだ！　とどこからか声が上がりました。その時です。アメリカ兵の一人が、近寄ってきた日本の男の人に掴みかかっていきました。大きく太い腕を伸ばして、男の人の胸ぐらを掴まえようとした瞬間です。

眼にも留まらぬ素早さでその男の人の身体がくるりと回転したかと思うと、大きなアメリカ兵の身体がふわっと宙に舞いました。それもまるで日本の男の人の身体の上に逆立ちをしたのではないかと思えるほど、足を高く高く宙に舞い上がらせて。

腕を巻き込んでの、見事な一本背負いです。

ずしん、と辺りに地響きがして、アメリカ兵の方がぐぅうと声を上げました。見蕩《みと》れるほどの美しさで、しかも相手のダメージを少なくするために、きちんと腕を最後まで握って背中を地面に打ち付けないようにしてあげていました。

これは、力任せではできません。余程の柔道の実力が無くては出来ない芸当です。周囲からは思わず感嘆の声が大きく上がり、その後にまるで怒濤《どとう》のような拍手が巻き起こりました。

それはそうでしょう。多くの人が、今日本に来ているアメリカ兵には直接の恨みはないとは思いながらも、戦争に勝った国の大男を、日本人が柔道の技で軽々と投げ飛ばしたのです。快哉《かいさい》を叫んでも無理はないです。いえ、黙っている方が無理というものでしょう。

「どうでぇ。これ以上おめぇたちが突っ張るってんなら、もっと派手に相手してやってもいいんだぜ。でもよぉ」

男の人が一際大きな声で叫びました。

「周りを見ろい！」

そうです。今の見事な一本背負いで、それまで遠巻きにしていた人たちがじりじりと近寄ってきているのです。死んだような眼をしていた人たちの顔にも生気が甦っています。このままでは何かが起きかねません。

男の人も自分で煽《あお》った事ですけど、それをよく理解しているのでしょう。ふっ、と肩の力を抜いて、にこっと微笑《ほほえ》みました。男の方にこう言っては失礼だけど、なんだか意外なほどに可愛らしい笑顔です。

そして、今度はまた見事なキングズ・イングリッシュで言いました。

『貴君らが、この国を、まだ未熟な日本という国を立て直すために、わざわざ働きにやって来てくれているのはよく理解している。戦勝国の人間の傲《おご》りを見せる事なく、紳士的に振る舞う数多くの善き人である事も私は判っている。ならば、それを最後まで貫き通し、私のようなこの国の野蛮な男に模範として示してやるのが、正しき紳士というものではないのか』

なんだか言ってる事とやってる事が目茶苦茶なような気もします。それがわたしを連れ去ろうとしたアメリカ兵たちを益々《ますます》怒らせたようです。

『では、これで教えてやろう。野蛮人に言葉など通じないだろうからな』

スーツ姿の人が、取り出したのは拳銃《けんじゅう》です。周りからどよめきが起こりました。それでも男の人はほんの少し眉《まゆ》を顰《ひそ》めただけで微動だにしませんでした。

「けっ、卑怯者《ひきょうもの》の道具かよ」

いくらあの人が柔道の達人でも、拳銃には敵いません。無理です。殺されてしまいます。何の関係もないわたしのせいで。

『やめてください！』

わたしが思わず叫び、その声を無視するようにスーツの男が拳銃を男の人に向かって構えたその時です。奇声と共に、上から何かが降ってきました。スーツの人がわたしを押さえつけていた手を離し、倒れ込みます。その上に、ぼろぼろの服を着た誰かがのし掛かります。

それが合図だったかのように、遠巻きにしていた野次馬の人たちが、大声を上げながら傾《なだ》れ込んできました。

まるで、津波のようです。

「よし、逃げるぜ！」

「え」

言うが早いか男の人はわたしの手を取り引っ張りながら走り出し、押し掛けてくる群衆を掻《か》き分け始めました。その力は眼を瞠《みは》るものでした。普通ならもみくちゃになって身動きできないような程の人の密度なのに、まるであのブルドォザァのようにわたしの手を掴んだまま突き進んでいきます。

それだけでも驚きなのに。

「よくやったぞあんちゃん！」

「日本男児の鑑《かがみ》！」

「上手《うま》く逃げろよ！」

わたしたちの周りからそういう掛け声が飛び交い、男の人はいちいちにこにこ笑いながらその歓声に応えています。

「おう。ありがとう！　ありがとうな！」

こんな事態になっているのに、案外とお調子者なんでしょうか。

＊

「よし、ここらで一息つくかい」

わたしは、答えることも出来ません。背負われているのです。この人は逃げる途中で

「ええいめんどくせぇ！」と叫んだかと思うとわたしを軽々とおぶって、ここまで全力疾走してきたのです。わたしは恥ずかしさとその勢いの怖さに眼を閉じていたんです。

「どれ、下ろすぜ」

　足が地に付きました。ほう、とわたしは文字通り一息ついて、辺りを見回しました。どうやら、小さな神社の境内の一隅のようです。

「ここまで来りゃあ大丈夫だろう」

　どこまで来たのか見当も付きません。

「怪我《けが》はなかったかいお嬢さん」

　またにこっと笑います。意志が強そうな四角い顎《あご》に引き締まった身体ですが、黒目がちの瞳《ひとみ》が丸く、可愛らしい印象はこの瞳のせいかもしれません。

「はい。あの、ありがとうございました」

　息を整えて、素直に頭を下げました。この人が居なかったら、今頃何処かに連行されていたんでしょう。本当に助かりました。

「なぁに、どうってことはねぇよ。最近ちょぃと運動不足だったからちょうどいいってもんだ」

　思わず頰《ほお》が緩みました。とても爽《さわ》やかな印象の方です。でも、どうしてもこの鶏冠頭が気になります。どうしてこんな髪形なんでしょう。

「あの、急いでいますのでお礼も出来ないんですが、お名前を」

からからと笑いながら、ひらひらと右手を顔の前で振りました。

「礼なんかいいさ。名前は堀田《ほった》勘一ってんだ」

「堀田勘一さん」

頷いて、ひょいと手を上げて神社の正面の方を指差しました。

「その向こうのちょいと先でな。古本屋をやってる」

「古本屋さん」

「おう。〈東京バンドワゴン〉っていう屋号のな」

「東京バンドワゴン？」

それはまた随分と奇妙な名前のお店だと思いました。バンドワゴンとは確か楽隊の先頭を行く車のことですよね。楽器屋さんなら判りますけど、古本屋さんとは。

「何だったら寄って休んでいくかい？」

「ありがとうございます。でも」

急がなければなりません。わたしは無事を確かめるように鞄を強く抱えました。

「列車に乗って、急いで行かなければならないところがありますので」

むぅ、と勘一さんは顔を顰《しか》めます。

「どういう事情かは皆目見当がつかねぇけどよ。今また上野駅まで戻るのは感心しねぇなぁ」

　それはそうかもしれません。わたしを連れ去ろうとしたアメリカ兵の方々がそのまま見張っている事も考えられます。

「でも」

　何があっても行かなければなりません。それにあの騒動がどうなったかも心配です。何処のどなたたちかは存じませんが、わたしを逃がすためにアメリカ兵に向かっていった人たちが居るのです。そう言うと、勘一さんはそれは心配いらないと言いました。

「あぁいう連中はすばしっこいぜ。たった三人の兵隊なんざぁ屁《へ》でもねぇ。俺《おれ》たちが上手いこと逃げたと見るや蜘蛛《くも》の子を散らすようにてめぇらもトンズラこいたはずさ」

「そうでしょうか」

「俺が保証する。心配いらねぇよ」

「でも」

　それにしても静岡には行かなければ。鞄の中のポケットを探りました。

「あらっ？」

「どしたい」

「切符が」

　顔から血の気が引いていくのが判りました。ないんです。確かに入っていたはずの静岡行きの切符が。

三

十年ほど前に少し建て増ししたという勘一さんのご実家、古本屋の〈東京バンドワゴン〉は立派な日本家屋でした。

長い戦争のせいでしょうか、どこか煤けたような感じは否めませんが、堂々とした構えがとても立派なお家です。元々は明治の初めに建てられたお宅だったそうです。ところどころに西洋風の意匠があるのはその故なんでしょう。

正面の真ん中に、両開きのガラス戸が付いていて、その磨《す》りガラスには金の文字で〈東京バンドワゴン〉と書かれています。同じ文字が瓦屋根《かわらやね》の庇《ひさし》の上の大きな黒い看板に彫られて、こちらも少し色褪《いろあ》せてはいるけれど堂々としたものです。

わたしが想像していた古本屋さんより、はるかに大きくて立派なお店でした。

「このあたりはよぉ、どういうわけだか爆弾が落っこちてこなくてな」

「そうなんですね」

川向こうは瓦礫《がれき》の山と化しているのに、本当にこの辺りは町並みがきれいに残っていました。人一人がやっと通れるほどの路地も、家々の庭の木々も、街角を走り回る子供たちの姿もそのままで、気のせいか活気に溢れているような感じです。

「ま、ご近所さん共々、運が良かったってことかな」

遠慮しないで入ってくれよ、と勘一さんがガラス戸を開けました。りんりん、と鈴の音が響き、店の奥から声がしました。

「勘一か」

薄暗い店の奥の帳場に座っていた男性がそう言いました。落ち着いた、どこか優しげな響きを感じる声です。

「親父《おやじ》、お客さんだ」

「お客?」

勘一さんのお父様なんですね。わたしは慌ててお辞儀をしました。

「初めまして。五条辻咲智子と申します」

五条辻? と、お父様は少し驚いたような表情を見せて呟《つぶや》き、それからにっこりと微笑まれました。口髭《くちひげ》が柔らかくゆがみます。

「いらっしゃいませ。こんなむさ苦しいところにようこそ」

それから帳場から降りてわたしのところまで歩いてきて、丁寧にお辞儀をいただきました。わたしもまたお辞儀を繰り返しました。

「勘一の父親の堀田草平《そうへい》と申します」

背は勘一さんと同じぐらい高いのですが、瘦《や》せぎすの身体で、勘一さんとはまるで違う印象の男性です。

真っ白いシャツをきちんと着こなし、髪形はごく普通で柔らかく波打っています。丸《まる》眼鏡《めがね》の奥の瞳がとても優しく知的な印象です。まるで小説家かあるいは学者さんといった風情《ふぜい》ですけど、古本屋のご主人というのは皆さんこのような感じなんでしょうか。

でも、古本屋さんのはずなのに、本棚にはあまり本が見当たりません。どこもかしこも空いている状態です。矢張《やは》りこのご時世では古本屋さんといえども本を手に入れるのは大変なんでしょうか。

汚いところですがどうぞと勧められて、わたしは奥のご住居の方へお邪魔しました。居間には立派な一枚板の座卓があり、座布団を出されてわたしは恐縮しながら座りました。

「生憎《あいにく》と妻が、配給品の受け取りと買い物に出掛けていましてね。息子の武骨な手で申し訳ないが、今お茶を淹《い》れさせますので」

ご面倒をお掛けしているのに、この上お客様扱いされても困りますので自分で淹れようとしたのですが、お父様はにこやかに笑って、座っていてくれと言います。

勘一さんが、あらよっ、などと言いながらお盆にお茶を載せて持ってきてくれました。

「まぁ咲智子さんが飲んでたみたいな上等なもんじゃねぇかもしれねぇけどよ」

そう言ってわたしの前にお茶を置いてくれました。咽《のど》も渇いていたので、恐縮しながら頂いたのですが、びっくりしました。上等じゃないなんてとんでもない。とても美味《おい》しいお茶です。

わたしが驚いた顔をしたのが判ったのでしょう。勘一さんがにやりと笑いました。

「実は闇《やみ》で仕入れてもらったもんなんだけどな」

闇市か何かで買ったということなんでしょうか。それにしても本当に美味しいお茶です。

「それで、勘一」

「なに」

「何故、散歩に行ったお前が五条辻のお嬢さんと一緒に帰ってきたんだ」

お父様は、わたしの家のことを知っているような口ぶりです。ちょっと不思議に思いましたが、勘一さんは気付かなかったようで、先程の駅での出来事を話します。勘一さんが一本背負いでアメリカ兵を投げたくだりではお父様の眉が歪《ゆが》みました。

「相変わらず後先考えずに行動する奴《やつ》だな。そんな騒ぎを起こしてお前がどうにかなるだけならまだしも、五条辻のお嬢さんに何かあったらどう責任を取るつもりだったんだ」

「無事だったんだからいいじゃねぇか」

勘一さんはひょいと肩を竦《すく》めて、お茶を一口飲みました。お父様は渋い顔をして、それで、と話を促しました。

「で、咲智子さんを見送ろうと思ったんだけどさ、ところが、列車の切符が見当たらなかった」

「切符が」

そうなんです。大切に仕舞っておいたはずの切符が無くなっていたのです。もし騒ぎの最中に何処かに落としたのなら、このご時世だから諦《あきら》めろと勘一さんに言われ、わたしも納得しました。きっと誰かが拾いお金に換えてしまったでしょう。

買い直すにしても生憎と余分なお金も持っていません。何よりその場で切符を手に入れるのは至難の業でしょうし、駅に戻るのは危険です。

お父様は、うむ、と唸《うな》り、顔を顰めて顎に手を当てます。

「で、そうなった以上は家に帰るしかない。ところが穏やかじゃねぇ状況で飛び出してきたんだから家にだって何が出るかわからねぇ。物騒だからとお宅まで一緒に行ったら、案に反して家はもぬけの殻さ。でも」

「家捜《やさが》しをされた後だった、と」

「その通り。そんなこんなで、訳がわからねぇけどアメリカ軍が絡んでいるのは間違いねぇんだし、何処にも行くところが無いそうだし、とりあえずは我が家に来てもらった方がいいなってんでね。お連れしたわけさ」

そうなのです。家に帰っても誰もおらず、本当にあちこち家捜しされたようになっていたのです。思わず知らず身体が震えていました。もっとも、父や母の様子からも事態の重大さは判っていましたので騒ぐような事はしなかったんですけど、二人が一体どうなったのかだけは本当に心配です。

会ったばかりの勘一さんにご迷惑を掛けるのは心苦しかったし、何より知り合って間も無い赤の他人のお宅にお邪魔するのもどうかとは考えたんですが、あてもなく瓦礫の町を彷徨《さまよ》うよりも安全だと勘一さんに諭されました。

それに、どういうわけか判りませんが、勘一さんなら安心、とわたしは思ってしまったんです。

父がよく言っていましたが、人との付き合いにおいて、気に入ったという感情は何より優先されるものだと。正にそんな気持ちでした。

お父様はふぅむと頷き、腕を組みました。

「勘一」

「あいよ」

「尾行には充分気をつけたんだろうな？」

当たり前よ、と勘一さんは胸を張りました。

「アメリカ野郎に連れ去られそうになって、家は家捜しされてってそりゃあ大事だ。馬鹿でもこの咲智子さんが狙われるかもしれないって思うさ。後ろに気を配って、裏道あの道どこの道ってんで、猫みたいに歩いてここまでお連れしたよ」

そうなんです。一体どこへ行くのかとわたしは脇目も振らずに一生懸命、勘一さんの後をついてここまで来たんです。

お父様は大きく頷き、何事かを考え込むように天井を見上げました。勘一さんは無駄口を叩かずに、煙草《たばこ》を吹かしながらそれを見つめています。わたしは、あまりじろじろ見ても失礼なのですが、それとなく居間の様子や、隣に続く台所、縁側からお庭の様子などを見ていました。

お店と一緒になっているせいでしょうか、こぢんまりとした雰囲気はありますが、お掃除も行き届いていてとても住みやすそうなお家です。お庭の端の方には立派な蔵があります。古本屋さんですから書庫にでもなっているんでしょうか。

縁側の向こうの方から猫がひょいと顔を覗《のぞ》かせて、にゃあと鳴きました。

「あら」

思わず声が出てしまって、慌てて口を押さえましたが勘一さんがにこっと笑いました。

「猫、好きかい」

「はい。大好きです」

「この辺りには野良猫も多くてよ。こいつらはいつの間にか家に住み着いちまった。ほれ」

勘一さんが手招きすると、とっとっと、と二匹の猫が居間に入ってきます。三毛猫はわたしの膝《ひざ》のところまで歩いてきて、身体を擦り寄せてくれました。人懐こい猫です。

「気に入られたみてぇだな。そいつは玉三郎ってんだ」

「玉三郎？」

「こいつはノラ」

「ノラ」

ノラちゃんは黒猫です。勘一さんが抱き上げると、足の裏まで真っ黒でした。

「野良猫のノラですか？」

「いや」

お父様がにっこり微笑まれました。

「『人形の家』のノラですよ」

「あぁ、イプセンの」

「そうです。ところで咲智子さん」

「はい」

優しく微笑まれていたお父様の顔付きが険しくなりました。

「厳しいことを言うようだが、静岡にはもう行けないと思った方が、いや、行かない方がいいだろうね」

　勘一さんの表情も厳しくなりました。

「何故でしょう」

「切符の行方はどうであれ、あなたが上野駅に現れたことを向こうは知った。ならば縁者である静岡の東雲さんのお宅に向かおうとしたのはすぐに推測できる。あちらにも見張りがつくでしょう」

「見張り？」

　誰に見張られるというんでしょう。わたしを連れて行こうとしたアメリカ兵でしょうか。お父様は、わたしが斜め掛けにしている鞄に眼をやりました。

「その鞄に入っているものの重大さを知り、狙っている連中がたくさんいるはずです」

「たくさん」

　勘一さんが首を捻《ひね》りました。

「親父は、中に入ってるもんが何か判るのかい」

「何となくだがな」

「なんなんだよ」

「頭を使え」

お父様はそう言って渋い顔をされます。

「五条辻の政孝氏は子爵であり、かつ伏見《ふしみ》の御方《おかた》とも血縁関係にある。従って天皇陛下に非常に近い位置でこの激動の時節を過ごしていらっしゃった」

勘一さんは知らないな、という風に首を傾げましたが、その通りです。

「その政孝氏が、この時期に、まだ十八、九歳の娘さんに政治に関する重要な文書を預け田舎《いなか》に避難させようとした。これは相当に異例で、緊急なことだ。通常ならば天が落ちたって有り得ない事だ」

「成程《なるほど》ね」

「そして政孝氏が〈書類〉ではなく〈文書〉と表現したことから察すると、その〈箱〉に入っているのは」

勘一さんが、ポン！　と膝を叩き大きな音を立てました。

「そうか！　まさか！」

お父様が大きく頷きました。

「その、まさかだろうな。おそらくは口に出すのも恐れ多いような文書。陛下の、しかもこの戦争に関わる何がしかの文言《もんごん》が書き留められた、あるいは綴《つづ》られた文書がその〈箱〉に入っていると考えて間違いないだろうね」

そんな、そんな大それたものがこの〈箱〉に。わたしは思わず鞄を見つめてしまいました。

「こういう事だろう。あなたのお父さんは遅かれ早かれその〈箱〉が、文書が、GHQによって接収されるのを予測していた。だから切符を用意し、静岡の方にも連絡をしておき、いざという時の準備をしていた。だが、GHQがやってくるのは予想以上に早かった。お父さんは、あなたにそれを託し、自分は時間稼ぎのために家に残ってGHQの尋問なり家宅捜索を受けたのだろう。いやひょっとしたらお父さんの事だ、あなたに託す事まで予想した上で、あなたの写真なども整理してしまっていたかもしれない」

思わず口を押さえてしまいました。あの時やってきた車の一団は。

「咲智子さんを追う手段を消したってことかい」

「そうだな。しかしGHQも馬鹿ではない。家に居るはずの一人娘が居ない事に気づき、逃亡したのだと直ぐさま上野駅に人員を向かわせた」

「手当たり次第、品の良さそうな若い女を尋問して当たったたってか」

「声を掛けて確認してきたのがその証左だろう。顔が判っていれば有無を言わさず連れ去ったはずだからな」

勘一さんが、成程ねぇと顔を顰めました。お父様が続けます。

「大騒ぎになったのが幸いだったな。奴らは完全に咲智子さんを見失った。さらにお前が咲智子さんを誰にも知られずにここまで連れてきたのも賢明だった。今頃向こうは咲智子さんの行方をどう追えばいいかに頭を悩ましているだろう」

そこでお父様は一度言葉を切りました。言おうか言うまいか逡巡《しゅんじゅん》しているような表情を見せます。わたしは、自分の身の上に降り掛かってきたこの出来事に、まだ現実感がありませんでした。お父様の話はいちいち納得できるものですが、それでも。

お父様は、ふぅ、と小さく息を吐き、わたしを見ました。

「咲智子さん」

「はい」

「私の想像が当たっているのなら、これから咲智子さんはGHQだけではない、日本の元軍関係者やヤクザ者やその他もろもろ裏の世界の連中からつけ狙われるだろう。あぁいうところは情報が早い」

「なんだって？」

わたしと勘一さんは思わず顔を見合わせました。

「そんな大層な事になるってのかい」

お父様が、ゆっくりと頷きました。

「ほぼ間違いないだろう。そういう文書であればこれからのこの国にとっては、劇薬にも妙薬にも、いやもっと言えばまるで爆弾のようなものにもなる。それを利用しようとする輩《やから》は大勢居る。ただ」

わたしの顔が青ざめでもしたのでしょうか。心配することはない、と、優しい表情でわたしの顔を見つめました。

「明るい材料もある。お父さんやお母さんの事は心配だろうが、一番最初に声を掛けてきたのがGHQならば、おそらく彼らの手で軟禁されているという状態だろう。いやしくも華族の人間に彼らは手荒な事はしない。生き死にの問題にはならないと思うよ。むろんそれは静岡の方も同じだ。見張られはするものの大事にはならないでしょう。私の方でも少し調べてみよう」

「ただ?」

「あの」

気になっていました。何故一介の、と言っては失礼ですけど、古本屋のお父様がそんなことまで推察できるんでしょう。それより何より。

「堀田さんは、わたしの父の事を」

頷かれました。

「知っていますよ。五条辻政孝くん。学生時代の友人です」

「そうなんですか?」

勘一さんがにこりと笑います。

「やっぱりかよ。まぁ親父のことだからこういうお嬢さん方の親父さんたちには詳しいと思ってたんだけどよ」

　お父様もにこりと微笑まれました。勘一さんが続けます。

「うちはよぉ、今はこんなシケた古本屋をやってるけどな。祖父《じい》さんの名前は堀田達吉《たつきち》ってんだ。知ってるかい？」

　堀田達吉さん？

「堀田の姓に戻る前は〈三宮《さんのみや》達吉〉ってんだけどな」

〈三宮達吉〉と言うと。

「あの、〈鉄路の巨人〉と呼ばれた三宮達吉さんですか？」

　勘一さんが大きく頷きました。驚きました。もちろん知ってます。明治の頃に財閥の娘さんと結婚し、鉄道事業で財を成し一時代を築いた政財界の大物です。一時期はこの日本を牛耳《ぎゅうじ》っていたとも父から聞いた事があります。そしてある日突然のように引退して、財閥のひとつである三宮と縁を切り、その後の消息はようとして判らなくなったとも。

　その方が、勘一さんのお祖父様。

「そんなもんでよ。親父も若い頃はいろいろと羽振りが良くてね。これでもケンブリッジ大学卒で、祖父さんの後ろでちょろちょろしてたからな。いろいろと顔は広いのさ」

「まぁ」

そうだったのですか。それで。

「あ、では、勘一さんの英語も。きれいなキングズ・イングリッシュを話されるのも」

お父様が苦笑いされました。

「どちらかと言えば、ケンブリッジの方の訛りかな。まぁ一応上流階級で使うような英語を教えたつもりだがね」

「親父に嫌っていうほど叩き込まれたよ。まぁこんなご時世でいろいろ役に立つとは思ってなかったけどよ」

奥の方から、からからと戸が開く音がして、「ただいまー」という女の子の声も聞こえてきました。こちらからは見えませんが、裏の方に店の入口とは別に玄関があるのでしょう。ぱたぱたと歩く音がしまして、十歳かそこらの女の子と絣の着物にもんぺ姿のご婦人が現れました。わたしの姿を見て、「あら」と荷物を置き、その場に座ります。女の子もそれに倣《なら》って、ぺたんと座り込んで、真ん丸い瞳でにこにこしながらわたしを見ています。

「お客様でしたか」

勘一さんのお母様なのでしょう。わたしも座り直して、背筋を伸ばしました。

「お前は覚えているかな。五条辻の政孝くんを」

「あぁ、はいはい。もちろんですよ」

「その政孝くんの、娘さんの咲智子さんだ」

「あら、まぁ」

にっこりと微笑まれます。とても明るい、人の心をほっとさせるような笑顔でした。

「初めまして、妻の美稲《みね》です」

「初めまして、五条辻咲智子です」

「そこのちっこいのはな」

勘一さんが女の子の方を示しました。

「かずみってんだ。大山《おおやま》かずみ」

大山かずみちゃん。てっきり勘一さんの妹さんかと思いましたが、名字が違うというのは。

「かずみは戦災孤児ってやつでな。まぁちょいと縁があって家にいるのさ」

「こんにちは！」

「こんにちは。よろしくね」

可愛らしい、元気な女の子です。明るい笑顔は孤児になってしまった身の上をちっとも感じさせませんが、今この東京にはこういう子供たちが溢れてきています。この先もしばらく増え続けるに違いありません。

「まぁ細かい話は、後にしよう。そろそろお昼だろう」

四

「バターが一封度《ポンド》百円もしたんですよ」

座卓にお昼ご飯を並べながら、奥さまが言うと、お父様が驚かれました。

「ついこの間は五十円じゃなかったか？」

もう値段が目茶苦茶になっています、と奥さまが顔を顰めます。わたしは情けないことにまったく判らないのですが、確かにお手伝いのハナさんも、そんなような事をよくこぼしていました。

終戦と同時にそれまでの静けさが嘘のように物が出回り始めました。けれどもそのほとんどは闇市と呼ばれるところで取り引きされ、一律の値段などまったくなく、その場の交渉と気分次第で決まってしまうような場合が多いんだそうです。

「まぁしばらくは混乱が続くだろうな」

お父様が言います。お手伝いをしようと思ったのですが、台所にはもうサツマ芋が入ったおみおつけと、ジャガイモのコロッケ、白いご飯が用意されていました。

「ごめんなさいね。華族のお嬢さんにこんなものを」

とんでもない、と手を振りました。有り難くいただきます。町にはこういうものを食べられない人も溢れているというのに、贅沢《ぜいたく》を言ってはバチが当たります。

それにしても、今はこれだけのお昼ご飯でも贅沢なはずです。さすが元は財閥の方だけあって堀田家はこんなご時世でもそれなりにきちんと暮らしていらっしゃるようです。

そういえば、勘一さんはラッキーストライクという煙草を吸っていました。確か洋モクを買ってはいけないことになっていたように思いますがどうなっているのでしょうか。

「先程の話の続きだがね」

お父様が言いました。

「はい」

「咲智子さんさえ良ければ、しばらくは我が家に居た方がいいだろう」

既に事情を承知していた奥さまもにっこり笑って頷きました。

「嬉しいわぁ。女の子が家に二人も」

その言葉にお父様も勘一さんも、ほんの少し憂《うれ》いを含んだような笑みを浮かべます。

何かあったのかなとは思いましたが、他所《よそ》様の家の事情に踏み入るのも失礼なので黙っていました。

「でも、それでは本当にご迷惑を」

「なぁに、俺が助けたってのも何かの縁ってやつだ。事情がはっきりして動けるようになるまでのんびりしてればいいいさ」

勘一さんも箸《はし》を振り上げてそう言います。奥さまが行儀が悪いと怒りました。かずみちゃんもにこにこしてわたしを見て言いました。

「そうしようよ咲智子お姉ちゃん」

「居候《いそうろう》のてめぇが言うなよ」

「いいじゃん勘一ぃ」

どうやらかずみちゃんは物おじしない女の子のようです。その後も勘一さんとまるで漫才のような会話を続け、わたしは可笑《おか》しくてころころ笑っていました。

「ご両親の行方に関しては、私が責任を持って調べてみよう。なに、伝手《つて》はあるので心配しなくていいし、私も自分の身が可愛いからね」

決して無理はしないと言いました。一人になってしまい、何の力もないわたしです。ここに至っては、ご厚意に甘える他はないのです。

「本当に、よろしいんでしょうか」

お父様は、奥さまに写真アルバムを持ってきてくれと頼みました。奥さまが隣の仏間らしき部屋から持ってきたのは革製の表紙の写真アルバムです。お父様はそれを何枚かめくり、「あぁこれだ」とわたしの方に示しました。

「あっ」

若き日の、父が写っていました。たくさんの外国人の方と一緒に記念撮影のように並んでいます。

「これが、私ですね」

　確かに、お父様の若き日のお姿が父の前にありました。父はお父様の肩に手を掛け覆いかぶさるようにして笑っています。ごくごく親しそうな様子が写真からも伝わってきました。お父様は懐かしそうな表情を見せます。

「ケンブリッジに居た頃、彼も留学してきてね。私とは二つ違いだったけどよく話した。車であちこち旅行にも行ったものだよ」

「そうだったのですか」

　確かに、父はケンブリッジに二年程留学していたと聞いています。そういえば向こうで日本人の学生さんと仲良く楽しく過ごしたものだという思い出話は聞かされていました。

　それが、勘一さんのお父様だったなんて。

「ちょっとした理由があってね。帰国してからは縁が無くなってしまった。ただしそれは私たちが仲違《なかたが》いしたとかではなく、まぁ様々な社会の諸事情というものだ。政孝くんと私は今もあの日の友情で結ばれているよ」

「本当に残念がっていましたよね。なかなか会えなくなるというのを」

　奥さまが言って、お父様が頷きます。

「その政孝くんの娘さんとこうして会えたというのも、勘一の台詞《せりふ》ではないが、矢張り縁というものなんだろう。遠慮はいらない。少々狭くて薄汚いが、自分の家だと思って寛《くつろ》いでくれればいい。いや、居てほしいんだよ。政孝くんとの友情のためにも」

有り難くて、わたしはほんの少し眼に涙が滲《にじ》んでしまい、よろしくお願いしますと頭を下げました。父の友人の息子さんに助けていただいて、こうしてお会いできたというのも本当に縁なのでしょう。

「それにつけては」

お父様はことりと箸を置いて真面目《まじめ》な顔で言いました。

「名前を変えた方がいいだろうね」

「名前を？」

皆が、お父様の方を見ました。

「その〈箱〉の中身をいろんな連中が狙うだろうというのはさっきも言ったが、それは咲智子さんが思っている以上に危険な状況になるはずだ。ひょっとしたら命の危険さえある」

かずみちゃんの眼が真ん丸くなりました。奥さまも眼をぱちくりとさせます。

「そんなにかよ」

勘一さんです。お父様が右の眼を細め、眉間に皺を寄せました。

「GHQだけならまだしも、今やこの国は混乱の極みにある。軍を解体され野に放たれた危険思想の持ち主は大勢いる。この国を牛耳ろうとするヤクザ者も溢れ返ってきている。私たち平凡な市井《しせい》の人間には想像もつかないような裏の世界は大きく拡《ひろ》がっているんだ」

お父様の重々しい口調に、誰もが息を呑《の》みました。

「従って、当面は名前を変え別人に成りすますのが一番いい。いや、まてよ」

ふいに勘一さんの方を見ました。勘一さんが、俺？　という風に自分を指差しました。お父様は、急に態度を崩されて、笑って、うむ、と頷かれます。

「勘一の結婚相手としておこう」

「けっ」

勘一さんがとんでもないものを飲み込んだかのように眼を白黒させます。

「勘一の妻に、我が家の嫁になったというのが、隠れ蓑《みの》としては一番適当かな」

「結婚、ですか？」

「親父！　そりゃあ！」

「慌てるな。あくまでも偽装ということだ。そうだな、咲智子なのだから、片仮名にしてサチ、としよう。違和感はあまりないでしょう。出身は美稲の実家の横浜の方だ。名字は、辻本《つじもと》とでもしておこう。辻本サチだ。実家の知り合いの娘さんで、こんな時節だから式を挙げてはいないが、目出度《めでた》く結婚して堀田サチになった、と」

もう今日のこの時点から、そうしなさいと言って微笑みました。思わず勘一さんと見つめ合ってしまいましたが、お互いにどんな顔をしていいか判りませんでした。

お昼ご飯も終わり、しばらくお世話になることになったわたしは、二階の一室に案内されました。お庭に面した六畳間のお部屋です。文机《ふづくえ》と和箪笥《わだんす》とそれに何故か鏡台もありました。

「ここはね」

奥さまが、ちょっとだけ淋《さび》しげな顔を見せました。

「勘一の妹の部屋だったの」

「妹さん」

奥さまは、こくりと頷かれます。

「戦争でね」

その一言で、何もかもが判る時代です。わたしは御愁傷さまでしたと頭を下げました。

「嫌じゃなかったら、ここを使ってくださいな」

「嫌だなんて、そんなことありません」

当然平気です。聞けば、年もわたしと同じぐらいだったとか。

「箪笥にはね、あの子の服なんかもそのまま残っているの。体形も同じようだし、良ければそのまま使ってくださいね」

「あの、奥さま」

「はい」

部屋の真ん中で立ち話をしていたのですが、わたしはその場に正座しました。奥さまも何事かという顔をしながら、わたしの正面に座ります。

「わたしはとんでもないものを抱えてしまったようです。皆様にご迷惑をお掛けしないためにも、先程の、お父様がご提案くださったように、しばらくはこの家の嫁として身分を隠して過ごすのが」

「そうですね。ぜひそうしてちょうだい」

「では、わたしを娘として、扱ってください」

「娘」

「勘一さんのお嫁さんとして、この家のしきたりから何から何まで、厳しくしつけてください。どうぞよろしくお願いします」

わたしは、三つ指をついてお辞儀しました。奥さまがころころと笑います。

「まぁまぁ、サチさん」

「はい」

「そんなにしゃちほこばっていると、長生きできませんよ。あれをご覧なさい」

「あれ？」

奥さまが指で示したところの壁には、気付きませんでしたが何やら墨で文字が書かれていました。

「〈女の笑顔は菩薩《ぼさつ》である〉？」

そう書かれていました。

「あれは？」

奥さまが大袈裟に顔を顰めました。

「うちの旦那《だんな》様がね、我が家の家訓だと言ってあちこちの壁に。気付かなかった？　お店にもたくさん書いてあるわよ」

「そうなんですか」

奥さまは、それはともかく、とわたしの手を取りました。

「うちの旦那様が言うには、女は笑顔で過ごしているだけで、菩薩のように周りの人を幸せにするんですって。だから気楽にね、笑って楽しくやりましょう。奥さまなんて呼ばないで、お母さんと呼んでね」

「ありがとうございます！」

とても、とても嬉しかったんです。父や母の行方は判らず、まるでこの世にたった一人になってしまったような心持ちになっていました。結婚はあくまでも隠れ蓑ですが、こんなに優しくされ、新しい家族ができたようで、心の中に渦巻いていた不安も消し飛んでいくようでした。

「お母さん」

ほんの少し気恥ずかしかったのですが、そう呼ぶとお母さんはにっこり笑って、なぁに、とわたしを見ました。

「さっそくで申し訳ないんですが、お願いがあります」

「あら嬉しい。なんなりとどうぞ」

「わたしの髪を切ってくださいませんか」

髪を、とお母さんがほんの少し眉を顰めました。

「その、長くてきれいな髪を？」

そうです。

「お父様のおっしゃるように、わたしが狙われるのなら、皆さんにご迷惑をお掛けしないためにも少しでも別人になる努力をしなければなりません」

この髪を切って、まるで少年のように短くすれば、少しは印象が違うと思います。お母さんは、少し考えた後に、わたしの手をやさしく取りました。

「本当にいいの？」

「はい」

髪の毛は、また伸びます。

鏡の中に、まるで別人のような自分が居ました。お母さんは心配してくれましたが大丈夫です。むしろ、意外に似合うじゃないと思ってしまった程です。信じられないぐらい軽く感じる頭をぶるんぶるんと振ってみました。

「よし」

今から、わたしはサチです。五条辻咲智子から辻本サチになり、そして堀田サチ。この古本屋〈東京バンドワゴン〉の嫁であり、娘です。

そうとなれば、うじうじしているのは性に合いません。形だけでも古本屋の娘となったんですから、さっそくお店のことも覚えて、家の中のことも全てお手伝いしようと着替えさせてもらいました。

妹さんのものだという服は本当にわたしのサイズと同じで、何もかもがそのまま使えました。荷物も何も持たずに着の身着のままだったので助かりました。着古した感じの淡い黄色のブラウスと紺色のスカァトがありましたので、おそらくこれが妹さんの普段着だったんだと見当をつけて着替え、下に降りていきました。

居間ではかずみちゃんが猫と遊んでいます。

「あれ髪切ったの？　着替えたの？」

「うん。似合う？」

似合う似合うと手を叩いてくれます。かずみちゃんは亡くなった妹さんのことを知っているのでしょうか。訊くと知らないそうです。

「ワタシもね、ここに来てまだね、えーと二週間ぐらい」

「そうなんだ」

そのままお店の方に顔を出すとかずみちゃんもついてきました。お父様と勘一さんが何やら話し込んでいます。わたしの姿を見ると、二人とも少し驚いたような顔をして、それからお父様の顔が綻《ほころ》びました。

「やぁ似合うね」

「ありがとうございます」

「切っちまったのか」

「はい」

勘一さんが、何やら口の中でもごもご言いました。

「何か？」

「いや、まぁ、あれだ似合ってるなと」

「はい」

「申し訳ないけどよ、しばらくの間はよ、サチって呼び捨てにさせてもらうぜ」

「もちろんです。勘一さん」

顔を真っ赤にして鶏冠のような頭を勘一さんはがしがしと擦《こす》ります。照れている様子がちょっと可愛らしくて、可笑しくて笑ってしまいました。

そういえば、どうしてそんな髪形なのかを訊こうと思っていたんです。

「あの、勘一さんのその髪形ですけど」

「あ？　これか？」

お父様がにやにやと笑っています。

「まぁ、あれだ、ほら、趣味ってやつだ」

趣味ですか。それにしても奇妙きてれつな髪形です。

「そうだな」

お父様が勘一さんの頭を眺めて言いました。

「お前も頭を刈ってこい」

「頭？」

「少なくともお前は上野駅でGHQに顔形を見られている。その変な突拍子もない頭が幸いしたかもしれない。向こうは随分印象に残っているはずだ。それを刈ってしまえばかなり印象が違う」

おっ、そうか、と勘一さんも頷きます。なんだか嬉しそうにしています。

「この髪を刈るいい口実が出来たぜ」

「趣味だったんじゃなかったんですか？」

いやまぁ、そのあれだ、と勘一さんが苦笑いします。お父様もなんだか笑っています。

「とにかく頭を刈ってくるわ」

言うが早いか、勘一さんは飛ぶようにお店を出て行きました。

わたしはお父様とお店に残り、この〈東京バンドワゴン〉がどのように営業されているのか、教えてもらうことにしました。かずみちゃんは帳場に座って、読み書きのお稽《けい》古《こ》を始めました。

「まぁご覧の通り、戦時中は本も接収されてしまってね。我々古本屋もろくな営業なんかできなかった。苦肉の策で貸本屋を始めたところも多かったし、むろん畳んでしまった店も多い」

「そうなのですね」

「と、いうのは建前で」

「はい？」

お父様はにやりと笑いました。

「表立っては言えないが、お陰様で色々手蔓《てづる》があるのでね。あの庭の蔵の中には、この店をもう十軒程も開けるぐらいの蔵書はある。時節柄こうしていかにも無いようにはしているが」

そうなのですか。政府関係者にも軍にも友人が多いとなれば、確かにそういう融通は利くのかもしれません。そうです。それについてはお訊きしたい事があったんですけど、それを言おうとしたときに、ちりん、と音がして表の扉が開きました。

のっそりと入ってきたのは五十絡みの紳士です。お父様がちょっと驚いたような表情を見せて、それから嬉しそうに微笑みました。

「先生。お久しぶりです」

「あぁ、草平君。良かった、ここは無事なようで本当に良かった」

歩み寄ってきた紳士は、本当に嬉しそうにお父様の手を握りました。どういうんでしょう、文士然とでも言いましょうか。そうした雰囲気が漂っているのが初対面のわたしでも判ります。小説家の方なのでしょうか。

ひとしきり、何処の誰でも久しぶりに会えば口の端《は》に上る終戦についての話題を続け、生きていて良かったと喜び合っています。お話の中で、この紳士は西多摩郡吉野村の方に疎開していたとおっしゃっていました。

ふと、その方がわたしを見ました。

「あぁ、申し訳ない。こちらは？」

お父様もわたしを見て頷きます。

「私の息子の勘一をご記憶でしょうか」

「もちろんだよ」

「その嫁のサチと言います」

サチと申します、よろしくお願いしますと挨拶《あいさつ》しますと、それはそれはと大きな笑顔を拡げてくれました。

「吉川《よしかわ》と申します。物書きをしていましてね。こちらにはね、お父さんの代から随分とお世話になっているんですよ」

それからお二人は居間の方に上がり、十分ほども話し込んでいたでしょうか。ゆっくりされるのかと思ったのですが、吉川さんは向こうの玄関の方から帰っていかれました。

「慌ただしいんですね」

お父様は、うん、と言った後、少しだけ悲しそうな顔をします。

「何かね、この敗戦で随分と衝撃を受けたようでね。しばらく筆を断つという話を聞いていたのだけど、その件でね、あちこち回られているそうだ」

「そうでしたか」

お父様は、そういえば、と続けます。

「サチさんは、日本の小説には詳しいのかい？」

わたしはつい、すみません、と謝ってしまいました。多少は読んではいるのですが、古本屋の嫁として誇れるほどの知識はありません。

「これから、一生懸命勉強します」

お父様は嬉しそうに頷かれました。

「吉川さんも素晴らしい物語を書かれる作家だよ。今度読んでみるといい」

そうします、と答えました。

「あの」

「なんだい」

さっきは訊けなかったのですが、どうしても確認したいことがありました。

「勘一さんのお祖父様、三宮、いえ堀田達吉さんのことなんですが」

そう言うとお父様は微笑みます。

「その息子がどうして古本屋の親父風情に、ということかな？」

そうは言えませんが、そういうことです。三宮達吉さんは、世情に疎《うと》いわたしでも知っている程の有名人です。むろん、わたしが世の中の事を知る頃には既に伝説となっていたような方なんですが、父がその業績を讃《たた》え、お人柄を偲《しの》んでいたのも覚えています。

お父様は微笑んで、うん、と頷きました。

「ここを開いたのは、父なんだよ」

「お祖父様が」

「まぁ一言で言えば、財界や政界の様々な裏側に疲れ果てて隠遁《いんとん》したという事かな」

そうなのですか。お父様は苦笑いしながら続けます。

「もっとも私は、ここを継ぐ気などなかった」

まだ血気盛んな若い頃の話だと言います。何もかもを捨てて家族だけでここにやってきて、人目を忍んで暮らすお祖父様に腹を立てていたそうです。

「実は、新聞社を興そうと思ってね」

「新聞社」

そう、とお父様は頷かれます。

「駆けずり回ったものだよ。それこそ、父の、何というか、眼に見えない遺産を活用してね」

〈鉄路の巨人〉と呼ばれ、政財界にも大きな影響力を持った方ですから、各方面への眼に見えない遺産は推して知るべしです。

「そして、こんな古本屋風情だが、父が全財産を賭《と》して築いたものだ。そりゃあもう信じられないぐらいの〈智の遺産〉とでも言うべきものが数多く我が家にはある」

それはきっと先程も言っていたあの蔵の中にあるものなんでしょう。

「そういったものを活用しない手はない。古今東西からの本の中には人類の叡知《えいち》が詰まっている。その叡知を繙《ひもと》き、新聞社主として広く民衆のために戦いたいと思っていたのだが、まぁこれも色々事情があり、道半ばで諦めざるを得なくなってね」

それで、この〈東京バンドワゴン〉の二代目となった、とお父様は言いました。その新聞社を興そうとしたときには、お父様のお父様、つまり〈鉄路の巨人〉の堀田達吉さんが作った人脈から多くの知己を得たそうです。

「それがまぁ軍関係者になったり、政府関係者になったりしたわけだね。君のお父さんもその一人だよ」

「それでね！」

かずみちゃんが急に顔を上げて、ニコッと笑いました。

「草平ちゃんは、こんなこと言ってるんだよっ！」

立ち上がると、帳場の後ろにある壁に駆け寄りました。そこには何故か屏風《びょうぶ》が壁にぴったりと寄せられていたのですが、かずみちゃんは、その屏風をよいしょ、とずらしました。

「まぁ」

〈文化文明に関する些事《さじ》諸問題なら、如何《いか》なる事でも万事解決〉

墨文字で書かれた堂々たる書風です。お父様が苦笑しました。

「堀田家の家訓なんだって。ワタシもね、この〈さじしょもんだい〉のひとつなんだよ」

「そうなの？」

そう言えば、まだどうしてかずみちゃんがこの家に住む事になったのかは聞いていません。あまり一遍にたくさんのことを教えてもらっても混乱してしまいそうになるので、後からにしましょう。

「若気の至りだったかもしれないがね」

この家訓を書いたのはもう二十年ほども前。屏風で隠しているのは矢張り戦争という時節柄だったそうです。

お父様は、かずみちゃんの頭に手を載せ優しく撫《な》でて、それからわたしを見て微笑みます。

「どんな問題が起ころうとも、知恵と皆の心意気で乗り越えられるものだ。顰めっ面は良くない。楽しく過ごしていきましょう」

「はい！」

わたしが抱えてしまったものは些事などではなく、とてつもなく大きいのかもしれません。でも、お父様やお母さん、勘一さんやかずみちゃん、この堀田家の皆さんに囲まれていると、大丈夫だという心持ちになってくるから不思議です。

五

堀田家で過ごす初めての夜、淋しくないようにしてあげる、と言ってかずみちゃんがわたしの部屋で一緒に寝てくれました。一人っ子のわたしはかずみちゃんが慕ってきてくれるのがとても嬉しく、ついつい昔話などを聞かせてあげて、夜更かししてしまいました。

正直、とんでもないことが起きて、その疲れもあったのだと思います。かずみちゃんが寝入ったのも判りませんでした。

気がつくともう、とうにお日様が昇っていて、隣に寝ていたはずのかずみちゃんの姿もありません。わたしは慌てて着替えて階下に降りていきました。

「すみません！　おはようございます！」

居間ではかずみちゃんが自分の分のお茶碗《ちゃわん》を片付けるところでした。座卓の上にはわたしの分なのでしょう、お茶碗などが一組並んでいます。勘一さんとお父様の声がお店の方から聞こえています。わたしは慌てて台所に飛び込みました。

「お母さん！」

お母さんは、苦笑いしながら手を軽く振りました。

「慌てなくてもいいのよ。昨日の今日なんだからゆっくり寝てていいの」

「すみません」

「今日も一日ゆっくり過ごして、身体も心も馴染《なじ》ませて、明日からうちの娘として一緒にやりましょ？」

恐縮してしまいました。こんなに寝坊したのは随分久しぶりです。急がなくてもいいとお母さんに言われましたが、慌てて朝ご飯をいただき、片付けをして身支度を整えました。

十月も半ばを過ぎて、ほんの少し水の冷たさを感じるようになってきました。ここのお庭にはいろんな草花や、立派な桜の木があります。春になればきっと見事に咲きほこるのでしょう。どうして昨日は気づかなかったのか、金木犀《きんもくせい》の香りが微《かす》かに漂ってきています。後で少しお庭に出てみようかと思いました。

お店に顔を出すと、お父様と勘一さんが本棚の整理をしていました。本ではなく、本棚をどうにかしようとしているようです。

「よぉ、おはよう」

「おはようございます」

ぎぎぎ、と音がして、お父様が本棚を文字通り移動させました。見ると床には木の蓋《ふた》が外されてレールのようなものが見えます。

「移動式だったのですか」

おう、と勘一さんが、きれいに五分刈りになった頭を撫でて言いました。

「便利だろ？　ずっと放ったらかしていたんでな。少し油でも注《さ》しとくかと思ってさ」

お父様も頷いたそのときです。

「ついでにその頭にも油を注したらどうだ？」

びっくりしました。どこからか、別の男の人の声が聞こえてきたのです。見回しても、お店にはお父様と勘一さんしかいません。

勘一さんが舌打ちをしました。

「ジョーかよ」

「ジョー？」

こつん、と足音がお店の端から響きました。棚に隠れたところから出てきたのは、白いスーツ姿の男性です。白いソフト帽を手にしながらその帽子でぽんぽんと埃《ほこり》をはらいました。背のとても高い人です。それに、彫りの深い顔立ちにブルーアイズ。でも、髪の毛は黒です。

「お邪魔します。草平さん、ついでに勘一」

お父様はただ黙って頷き、勘一さんは仏頂面《ぶっちょうづら》をします。

「てめぇ、いつの間に入ってきたんだよ」

「ついさっきだよ。時間にすると」

腕をくいっと上げて袖《そで》をたくし上げると、そこには金無垢《きんむく》のような腕時計がありました。一目で高級品と判る代物です。

「一分と三秒前」

わたしは身体を折り曲げてお店の奥を眺めました。どうやら向こうにも入口があるようですが、そこからこっそり入ってきたのでしょうか。でもこっそり入ってくるとはどういうことでしょう。

「初めまして」

わたしの正面に立ち、ジョーさんはにこやかに微笑みました。そこらの並みの映画スターより遥《はる》かに綺麗な顔立ちをしています。どうやら混血の方のようですけど。

「初めまして」

ジョーさんの手がスッと伸びてきてわたしの手を握りました。そのまま優しく持ち上げ、ジョーさんはわたしの手の甲にキスをしました。驚きましたけど、初めてではありませんから慌てることはしませんでした。軽く足を曲げて、挨拶を返しました。

「てめぇ、ジョー！」

「ただの挨拶だって。そう興奮するな」

勘一さんがさっきからいらいらしているのは、どうやらこのジョーさんとは犬猿の仲なのでしょうか。見た目からして反りが合いそうにもありません。

「サチさん」

お父様です。

「はい」

「この男はね、高崎《たかさき》ジョーというんだ。職業は、まぁ貿易商とでも言っておけばいいかな」

「貿易商」

ジョーさんがウィンクするのと同時に頷きました。

「いろいろとね、便宜を図ってもらっている便利な男なんですよ。我が家がこうしてこの時節に不便を感じずにいろいろ手に入るのも彼のおかげでね。悪い奴じゃないから安心していいです」

「わかりました」

お父様が、それで、とジョーさんに言いました。

「用もないのにお前が現れたのは？　ひょっとして」

「そうなんですよ草平さん。ブアイソーから命令されてきました」

ブアイソー？　それはなんでしょう。命令とは。

「早いな、さすがに」

「早いも何も」

ジョーさんが勘一さんの方をちらっと見ました。

「わけありの上流階級のお嬢さまを連れて行方をくらました男というのが、威勢が良くて喧嘩《けんか》っ早くて見事なキングズ・イングリッシュを操るとくれば、ピンと来ますよ。そんな男はこの東京に二人といませんからね」

ジョーさんが、またわたしの方を向きました。でも、今度はにこやかにではなく、眦《まなじり》を決して、真剣な顔つきでした。

「サチさん」

「はい」

「今日から俺は、あなたを命を賭して守ります」

「わたしを？」

命を懸けて守る、ですって？

会ったばかりのわたしを、命を懸けて守る、というのはどういうことなんでしょう。

勘一さんが何故かわたしとジョーさんの間にぐいっと割って入ってきました。

『いい加減にしたまえミスター高崎。正直申し上げて、私は貴君のその鼻持ちならない態度にいつも度し難い怒りを感じているのだ』

何故か勘一さんはあの見事なキングズ・イングリッシュでジョーさんに話しかけまし

た。にこやかに笑ってはいますがその頬がひくひくと引きつっています。

『何故、わざわざ英語でそんな事を言うのかね？　いつものように拳《こぶし》で語ってくればいいのではないかな？　勘一くん』

ジョーさんもこれも見事な英語で応対します。混血の方のようですし、また、貿易商をされているんですから、きちんとした英語も使えなければお話にならないんでしょう。

『英語で話す事で私は私を律しているのだよミスター高崎。ミス咲智子の前で君とやり合うわけにはいかないからね』

『ミセス・サチだよ勘一くん。偽装結婚とはいえ、昨日から君の妻となったのではなかったのかな？　気をつけたまえ。それにやり合うわけにはいかないと言ったが、それはまた私に叩きのめされてミセス・サチの前で恥をかかされるのを避けたいということだろう。あの見事だった髪形は数ヶ月前の私との決闘の結果の敗者の印だろう』

そうだったんですか。余程このお二人は反りが合わないのでしょうね。ほとんど何も知らないわたしにも、このお二人の間に流れるものが十二分に伝わってくるぐらいですから。勘一さんがぎりぎりと歯噛《はが》みをしてジョーさんを睨みました。

それを見ていたお父様がやれやれといった表情を見せて言いました。

「いい加減にしないか二人とも。お前たちの英語を聞いていると堅すぎて頭痛がしてくるよ」

それでようやくお二人はぷい、とお互いに横を向いて、勘一さんは帳場の端に座り、ジョーさんは壁際にあった別珍《べっちん》張《ば》りの椅子《いす》をひょいと引っ張ってきて腰掛けた後に、思いだしたようにわたしに言いました。

「あぁサチさん、申し訳ないですけど」

「はい」

「正面の扉に〈CLOSED〉の看板を引っかけて、鍵《かぎ》を掛けてきてくれませんか」

「判りました」

扉の横に木の板にペンキか何かで手書きした〈CLOSED〉の看板が引っかかっていました。もちろんその裏側には〈OPEN〉と書いてあります。日本語の本しか置いてない古本屋さんに外国の方が来ることはあるのだろうかとちょっと思いましたが、お父様の経歴やジョーさんなどのことを考えると、意外とここにはそういう方々が来るのかもしれません。ましてや今は東京中にアメリカの方が溢れ返っていますから。

わたしもびっくりしたんですけど、戦争が終わりGHQ本部が日比谷《ひびや》に置かれると、あっという間にあちこちの焼け残ったお店や街角に英語の看板やサインが溢れ出すようになりました。駅の案内板にも英語で行先表示などがされていました。

これからますますそういうものが多くなっていくと思います。わたしたちのように英語の教育を受けた人間にとっては別段不自由はないのですが、一体どこまでこの国が変わってしまうのかと多少不安に思うところもあります。例えば、かずみちゃんのように小さい頃から英語の教育なんかを行うようにもなっていくんでしょうか。

それにしても、まだお昼なのにいきなり鍵を掛けるというのは、どうしてでしょう。聞かれたくない話をするから人を入れたくない、ということなんでしょうか。

ジョーさんがすぐ近くにあったラジオのスイッチを入れました。ジジジッと音がしてやがてジャズの旋律が流れてきます。日本にやってきたアメリカ兵の方々向けの放送です。

曲は〈On The Sunny Side Of The Street〉でした。

とても明るい歌でわたしも大好きです。〈悩み事は捨てて明るい表通りに出て行こうよ〉、と歌っています。今の日本には少々能天気に過ぎるかもしれませんが、戦争は終わったんですから、気持ちだけでもそういう風に前向きに行きたいです。

そういえば能天気は英語で言えば〈happy-go-lucky〉でした。とても楽しくなる言葉ではありませんか。

「それで？　あいつは何か言っていたか」

お父様がジョーさんに向かって訊きました。ジョーさんが頷いて、スーツの内ポケットから何やら紙切れのようなものを取り出し、お父様に渡します。それを開いて読みだしたお父様ににじり寄って、勘一さんもその紙切れを覗き込みました。二人共に眉間に皺が寄ります。

「なるほどな」

「親父の言った通りってこったな。サチ」

「はい」

勘一さんは、残念だけどな、と続けました。

「あの〈箱〉の中身は親父の推測通りで、とんでもない代物みてぇだな」

そうなんですか。覚悟はしていたのでわたしは小さく頷くだけでした。

「でも、まだ相手のことは摑みきれてないってこったろう、あのおっさんも」

「おっさんなどと呼ぶな」

憮然《ぶぜん》としたジョーさんに、勘一さんは、はいはいと答えます。

「ブアイソーさんね」

先程もそのお名前が出てきましたが、ブアイソーというのは無愛想という意味でしょうか。おそらくはどなたかの渾名だとは思うんですけど。ジョーさんがちらっと外の方に眼を向けてから、お父様に向かって言います。

「何年掛かるか判らないが、当分、サチさんがお持ちになっている例のものは狙われ続けるだろうと」

「何年もかよ」

勘一さんが訊きました。

「何年もだ。少なくともこの日本という国が立ち直る、いや、新しく生まれ変わるまでは」

勘一さんが腕組みをして、少し考え込むように首を傾げてから言います。

「ということはだ、ジョー」

「お前と話しているつもりはないんだけどね」

「うるせぇよ。そんな危なくって仕方のないもんだけど、さっさと処分しちまっても、拙《まず》いわけだな？ ものがものだけに逆にしっかり守らなきゃならねぇってことだな？ ひょっとしたらそれが今の日本、近い将来の日本にとっちゃ起死回生の特効薬になるかもしれねぇと」

ほう、とジョーさんが呟いた後に口笛を吹く真似《まね》をしました。

「伊達《だて》に草平さんの血を引いてはいないようだな。その通りだよ元鶏冠頭の勘一くん」

「伊達に、は余計だぜ鷲《わし》っ鼻《ぱな》のジョーさんよ」

「存在を隠し、尚且《なおか》つ絶対に守らなければならない、か」

二人の軽口を軽くいなしてから、お父様がわたしの方を見ました。いえ、わたしが肩から下げている鞄を見ました。この中に入っているあの〈箱〉。そしてその中に隠されているもの。

「いずれにしても、ジョー」

「はい」

「お前は、当分我が家に寝泊まりするということだな？」

お父様に訊かれてジョーさんが頷きました。

「そういうことです。お世話になります」

それは、わたしを、いえこの〈箱〉を守るためなんでしょう。今までの会話から察すると、ジョーさんが言うブアイソーさんからの命令なのでしょうか。

勘一さんが唇を歪めました。またジョーさんに文句を言うのかと思いましたが、違いました。

「しょうがねぇな。おめぇの部屋は一階の離れだぞ」

わたしが思わず意外そうな顔をした理由を察したのでしょう。お父様はにこっと笑って言いました。

「サチさん」

「はい」

「この二人はね、そりゃあもう顔を合わせれば飢えた犬のように喧嘩を仕掛けあうんだがね、お互いの事は良く判っているのですよ」

勘一さんもジョーさんも顔を見合わせ、へっ、という風に明後日《あさって》の方を見ます。

「あなたを守らなきゃならない、という目的が一緒ということになれば、お互いにこんな心強い味方はいないと判っているんですよ」

「そうなんですか」

「組み合えば腕っぷしと柔道で勘一が勝つだろう。しかし離れればリーチの差とボクシングのフットワークでジョーが勝つ。こないだは離れて戦われて負けてあの頭にさせられたんだよな？　勘一」

勘一さんがまた頭をごしごしと擦《こす》りました。

「半年前は俺が勝ったさ。一本背負いでね。なぁジョーよ」

ジョーさんが肩を竦めました。

「貿易商とさっきは言ったが、このジョーはね、サチさん」

「はい」

「私の古い友人の忠実な番犬のような仕事もしているんだ。それも表口に置かれた犬小屋ではなく、裏口のね。そして、そのブアイソーという渾名の私の古い友人はね、まぁ言ってみればこの国の政《まつりごと》の深い部分に関わっているんだよ」

詳しくはわたしは知らない方がいい、とお父様は言い、だから名前も教えないと続けました。

「しかし」

「はい」

「ブアイソーもまた、政孝くんとは旧知の仲だ。そして立場上あなたが持っているその〈箱〉の中身の重要性をよく理解していた。どうやら政孝くんとはこういう事態を想定して話し合い、準備はしていたらしいね」

　驚きました。

「GHQは完全にあなたをロストした。最初に出し抜かれたのは迂闊《うかつ》だったが、サチさんがここに居ることを知り、ならばそのままここを動かない方がいいと判断し、既に彼は多くの手駒《てごま》を使い水面下で動きだしている。そしてあなたとその〈箱〉を同時に守るためにジョーを寄越したんだ。勘一があなたを助けたのも縁だと言ったが、政府の側にいるブアイソーが私の古い友人だったというのも、また縁だろうね」

　まったくですね、とジョーさんが微笑みました。

「それにこの環境だ」

　ジョーさんは手を拡げました。

「大方奴らは五条辻家に関わる上流階級をしらみつぶしに探しまわっているんでしょうよ。あるいはその逆にスラムと化した辺りとかね。捜索のパターンで言えばそうなる。ここは東京の中でも戦火を逃れた数少ない平穏な、昔ながらのごくごく平凡な庶民が暮らす町だ。まさか華族のお嬢さんがこんなところに嫁の顔をして潜んでいるとは思わな

「まぁそうだわな。人を探すんなら天辺《てっぺん》か足元って言うしな」

わたしには判りませんが、そういうものなのでしょうか。

「サチさんの行動をすぐに捕捉《ほそく》しろと言われて、いざ調べ出したら、勘一らしき男と行動を共にしてると判って思わずその偶然と幸運を神に感謝しましたよ。言いたくはありませんが」

ジョーさんはそこで言葉を切って、勘一さんを見ました。

「とりあえずこの男なら人畜無害でかつ腕っぷしも強く、また女性に対して奥手で安心ですからね」

「褒めるか貶《けな》すかどっちかにしろい」

勘一さんが苦虫を嚙み潰《つぶ》したような顔をします。だんだん判ってきました。この二人は結局似た者同士なんでしょうね。だから反発もするんでしょう。

それにしてもジョーさんも見ず知らずのわたしのためにそんなふうに。いえ、そのブアイソーさんにしてみれば、わたしの持っているこの〈箱〉を守れという事なのでしょうが。

「あの」

「なんだね？」

わたしは〈箱〉の入った鞄を少し持ち上げました。

「例えば、この鞄を何処かに隠すというのではいけないのでしょうか」

「どうしてだね？」

「父には確かに肌身離さず持っているようにと言われましたが、こうして勘一さんやジョーさんが、〈箱〉を持ち歩くわたしを常に守らなければならないとなると、その、ご迷惑をかけっ放しになるのではないかと」

「どこかに隠してしまえば、わざわざジョーや私たちの手を煩《わずら》わせる事もないってことかな？」

お父様の言った事に頷きました。みなさんのお気持ちは本当に有り難いのですが。

「咲智子さん、あ、いや、サチ」

勘一さんが照れ臭そうにわたしを呼びました。

「例えば、その鞄をあの蔵の中の金庫にでもしまったとするわなぁ。するってぇと、その金庫の前で毎日毎日昼夜を分かたず誰かが寝ずの番をしなきゃならねぇってことになる」

「そうそう」

ジョーさんです。

「それはね時間と人の無駄遣いなんですよ。あなたのお父様が肌身離さず持っていろ、と言ったのは実に正しいんです。誰かが持っていれば、その誰かと一緒に動いていれば普通に生活できるし、その〈箱〉も一緒に守れる」

「そういう事だね」

お父様も頷きました。

「この家で一緒に生活していれば勘一も居るし私も居るしジョーも居る。女性同士でなければならない時には美稲が居る。常に誰かが傍《そば》に居れば、それで守る事ができるからね」

それに、と、お父様は続けました。

「サチさんも、お父さんに肌身離さず持っていてほしいと頼まれたのだから、それだけは守りたいのじゃないのかい？」

その通りです。できることなら、父の頼みですからこうしていつも身に付けていたいものです。

しかし親父よ、と勘一さんが言いました。

「そうなるってぇと、女手がお袋一人じゃ心もとないんじゃねぇか？」

かずみは端《はな》からあてにならねぇしなと言います。するとジョーさんが、ふふん、と笑いました。

「抜かりはないさ。ちゃあんと手配してある。マリアがおっつけここに来る事になってますからね」

ジョーさんがお父様に言うと、お父様がにっこり微笑みました。

「マリアちゃんか。それは嬉しいな」

勘一さんも同じように顔を綻ばせて、ジョーさんの方に手を伸ばしてなんと握手をしました。

「さすがだ、ジョー。感謝するぜ。マリアちゃんの顔を見て毎日を一緒に過ごせるなんてな」

「おう。同志よ」

今度は同志なんですか。決闘するほど仲が悪いはずなのにどうしてなのでしょう。マリアさんとは一体どなたなんでしょう。

わたしが訊こうと思った時に、家の中から声が響きました。

「それだけじゃあ、不足だろうねぇ」

わたしはまたびっくりしてしまいました。違う男の人の声です。ジョーさんが椅子から飛び上がってわたしを庇《かば》うように前に立ちはだかり、勘一さんも同じように素早い動作で声のした家の中を窺いました。

でも、お父様だけはそちらも見ずに、煙草を手に取り、火を点《つ》けました。

「なんだってまた。君までもが来てしまったのかい」

「ご無沙汰《ぶさた》ですねぇ草平さん」

家の方から姿を現したのは、時代掛かった着流し姿の男性です。元は見事な墨染めの着物だったのでしょうがすっかり色褪せして灰色の着物になっているようです。髪の毛はぼさぼさでまるで雀《すずめ》の巣のようですが、その下の瞳は柔和で、動きにどこか女性的な柔らかさがあります。

「誰でぇ！」

勘一さんも知らない方なんでしょうか。

「あぁ、いいんだ勘一。この男も、多分サチさんの味方だ。今のところは」

「お邪魔しますよぉ、勘一君、ジョー君、そしてサチさん」

つい、と滑るようにしてお店の方にやってきて、音もなくお父様の後ろに控えるように姿勢を正して座りました。まるで猫のような身のこなしです。

「ジョー君」

名を呼ばれたジョーさんが訝《いぶか》しげにその方を見ました。

「迂闊だったねぇ。〈稲妻のジョー〉と異名を取る君がねぇ。表の扉を閉めても、ここには向こうにもう一つの玄関があるんだからぁ、そちらにも気を配らないとねぇ。いくら奥さんが居るとは言ってもぉこうやって忍び込むのは造作もない事なんだよぉ」

ジョーさんが、ちっ、と舌打ちをしました。

「まさかこんなに早くここを嗅《か》ぎつけるとはね。確かに迂闊だった」

「誰なんでぇジョー、このおっさん」

訊かれたジョーさんはお父様を見ました。お父様も、ジョーさんを見てゆっくり頷きました。

「お会いするのは初めてですけどね。おそらく情報部の方でしょう」

情報部。勘一さんが唇を歪めました。

「陸軍かよ」

まぁ。軍人さんですか。それにしては軍服も着てませんし、とても軍人さんには見えません。

「もう解体されたんじゃなかったのかよ」

着流しの男性は正座して温和な表情を浮かべたまま勘一さんを見ます。

「元々私の居たところは実体があってないようなところでしてねぇ。戦争に負けようがなにしようが、やることは変わらないんですよぉ」

「それで」

ジョーさんが口を挟みました。

「情報部の野良猫さんは、何の目的で？」

「野良猫？」

勘一さんが訊きました。

「大きな声では言えないけどね。要するに野に放たれてどんなささいな情報でも猫のようにあちこちに忍び込んで集めてくる連中のことさ。俺らの間じゃ泥棒猫って言ってたがね」

そういうお仕事もあるのですか。勘一さんがうむ、と頷きました。着流しの男性はわたしの方を見ました。

「五条辻咲智子さん」

思わず返事をしそうになりましたが、いけない、と思い止《とど》まりました。わたしはもう堀田サチです。違います、と返事をしますと、着流しの男性は大きく笑顔を綻ばせました。

「その通りですねぇ。堀田サチさん。素晴らしい。私は、和泉《いずみ》十郎と申します」

「和泉十郎さん」

「十郎、で結構ですのでねぇ、そうお呼びください」

十郎さん。どうにも年の頃が判然としない方ですけど、わたしや勘一さんよりはずっと年上で、お父様よりは下といったところでしょうか。十郎さんは、勘一さんやジョーさんを見回した後に言いました。

「目的は同じですよぉ。サチさんの持っているその〈箱〉の中身を、時が来るまで守り通す。だから、まさしく私たちは同志というわけですねぇ」

「陸軍情報部の人ともあろうお方が、中身を確かめないでいいのかよ」

勘一さんが訊くと、首を傾げました。

「中身を確かめる時があるとしたならぁ、それはもう一度この国がひっくり返るときでしょうねぇ。できれば」

ちょっとだけ、肩を落としました。

「そんなときが来ない事を祈りますねぇ。勘一君」

一度言葉を切って、ぼりぼりと頭を掻きました。

「情報部というと、非道な人間の集まりのように聞こえるかもしれないけどねぇ、ひょっとしたら平和を誰よりも望んでいるのはぁ、我々のような人間かもしれないんだよぉ」

十郎さんが、勘一さんを見て、にっと微笑みます。勘一さんもちょっと顰め面をした後に、大きく頷きました。

「ちなみにねぇ、何故ここにサチさんが居るのが判ったかというと、ジョー君と同じ理由ですよぉ。私も勘一君のことは知っていましたからね。草平さん、そういう訳で、私も当分こちらでごやっかいになりますのでねぇ。よろしくお願いします」

お父様はふぅ、と小さく息を吐きました。

「勘一」

「うん」

「そういう訳で、この十郎の部屋も用意してやってくれ。一階の離れがいいだろうな。ジョーは二階の八畳にでも」

「なんで」

勘一さんが不服そうです。お父様は皆を見回して言いました。

「何せ出が軍人さんだからね。物騒なものをたくさん持っているんで、離れたところの方がいいんだよ」

十郎さんが、にっと笑って大きく頷きました。物騒なものとは何でしょう。拳銃とかそういった類《たぐ》いのものでしょうか。勘一さんがごしごしと頭を擦ります。

「まったく気の抜けねぇ連中が揃《そろ》ってきたもんだぜ」

そう言った途端、本棚の後ろからかずみちゃんがひょいと顔をのぞかせて、皆がびっくりしました。かずみちゃん、にこっと笑います。

「おしごとの話、終わった？」

お父様が思わず微笑みました。

「我が家で一番気の抜けないのはかずみだな」

ちげぇねぇな、と勘一さんが笑い、ジョーさんも十郎さんも大笑いしました。なんだかかずみちゃんも嬉しそうにしています。

「ところで草平さん」

十郎さんが、帳場の壁を隠していた屛風を叩きました。

「久しぶりにここに入りましたけどぉ、隠していたんですねぇ〈家訓〉」

「あぁ」

お父様が苦笑いします。

「もう隠さなくてもいいんじゃないでしょうかねぇ。私は好きなんですよ、これ」

お父様がそうだな、と頷きます。

「戦争は終わったしな。もう外してもいい頃かもしれないね」

じゃ、片付けるね、とかずみちゃんが屛風をそのまま持っていこうとします。ちょっとかずみちゃんには大きすぎて手に余るので、わたしも駆け寄りました。

「私がやりますよぉ」

「いえ、これぐらいわたしが」

「ちょうどいい。蔵の中にでも置いといてくれないか。ついでに中もぐるりと見ておきなさい」

お父様がそう言って、帳場にある文机の中から鍵を取りだして手渡します。

「中の整理の仕方は、おいおい説明しよう」

「はい」

鍵を受け取り、かずみちゃんと二人でよいしょ、と言いながら屏風を抱えて居間を横切ります。蔵に行くにはこうして居間のところの縁側から庭に降りるのがいちばん早いんですね。

「あれっ？」

かずみちゃんがお庭の方を見て声を上げました。後ろ向きになっていたわたしは何事かと屏風を置いて振り返りました。

お庭の真ん中で、蔵を、いえ空を見上げるようにして煙草を吹かしている女性が居ます。お母さんではありません。もっと若い、わたしより少し上ぐらいの年ごろでしょうか。

見た事もないような綺麗な柄で腰のところの赤いベルトが眼にも鮮やかなワンピースを着て、同じように赤いハイヒールを履いています。髪の毛はこれも見事にパーマがあてられ、まるで映画スターみたいな華やかさです。

わたしたちに気づいたのか、くいっ、と顔をこちらに向けました。とっても綺麗な方です。肌もお人形さんのように白くつやつやしてます。

「あぁ、あなたがサッちゃん？」

サッちゃん。親しいお友達にはそう呼ばれることもありますけど。女の方は一、二歩、縁側に歩み寄ってきて、大輪のバラのような笑顔を見せました。

「アタシね、マリアっていうの。よろしくね」

この方が、マリアさん。

本当に、なんて綺麗な女性なんでしょう。溜息が出てしまいました。

六

お父様は用事があると出掛けていき、お母さんとかずみちゃんがお店の方に出ています。昨日の今日で一遍に色々な事があって疲れてるでしょうから、ひと休みしていなさい、とお母さんに言われて、わたしは縁側に座っていました。そんなつもりはなかったんですけど、確かにこうして座っていると、疲労が溜《た》まってくるような感じです。十月も半ばを過ぎたとはいえとても暖かな日で、夕暮れが迫ってきたこの時間でも、開け放していると風と陽射しが心地よいのです。玉三郎とノラがいつの間にかやってきて、わたしの横で丸くなっていました。

本当に、本当に色んな事が起こっています。昨日今日で二日も終わっていないのに、もう何ヶ月も過ぎたような気がします。

預かった大切な〈箱〉に天皇陛下に関わる文書。

勘一さんに助けられ、家に帰れなくなり、父や母は行方不明。お父様やお母さんやかずみちゃんと出会い、この家に住む事に。そしてジョーさん、十郎さん、マリアさんがやってきて。今までの暮らしの全ての事が、天と地がひっくり返ったように変わってしまった気がします。

「ねぇ、ノラや」

背中を撫でると、にゃあ、とノラが鳴きました。玉三郎が毛繕《けづくろ》いをしています。これから一体どうなってしまうのかと不安もあります。父や母は何処に行って今どうしているのかも心配です。

それでも、矢張りわたしは〈動ぜずのサッちゃん〉なのでしょうか。それとも、勘一さんたちが傍に居てくれるという安心感のせいなのでしょうか、どうにかなる、という気持ちがとても大きいのです。

離れの方から勘一さんと十郎さんの声が聞こえてきます。まだ片付けものが済んでいないのか、あるいは何かを話し込んでいるのか。今日初めて会ったお二人ですけど、先程は随分と気の合ったように話が弾んでいました。

結局、一階の離れにジョーさんと十郎さんが、そして二階の六畳間にわたしとかずみちゃん、その隣の四畳半にマリアさんが住む事になりました。マリアさんとわたしたちは襖《ふすま》ひとつの続き間です。「何があってもアタシが飛んでいくからね」とマリアさんは笑っていました。

肩に掛けた鞄を触りました。日記帳ほどの小さな薄い〈箱〉。

その〈箱〉とわたしを守る、と集まってくれた方々。

本当に不思議な気分です。人生は何処でどうなるのか判らないというのをこの年になって初めて実感したような気がします。

きぃ、と裏の木戸が開いて、ジョーさんとマリアさんが入ってきました。お二人とももう荷物を片付けて服も着替えて、先程買い物に行くと言って二人で連れ立って出ていったんです。

「お帰りなさい」

「ただいま」

「ただいま、サッちゃん！」

ジョーさんは会った時の白いスーツを脱ぎ、少し草臥《くたび》れた白いシャツに黄土色《おうどいろ》のズボン姿、マリアさんもあの綺麗なワンピースからしっとりと落ち着いた浅葱色《あさぎいろ》の普段使いの着物に着替えています。気のせいか立ち居振る舞いも少し変わったように思います。

そうしていると、日本人離れしたお顔立ちの二人ですけど、この家にすっかり馴染んでいるように見えるから不思議です。

それに、美男美女のお二人です。こうして並んでいるとまるで外国の雑誌から抜け出してきたみたいです。

「ほら、良い物が手に入りましたよ」

ジョーさんが新聞紙に包まれた少し重そうな荷物をひょいと上げました。なんでしょう。

「上等な牛肉。今夜はすき焼きよ」

マリアさんがにっこり微笑みます。お化粧を落としてしまったマリアさんですけど、それでも華やかな美しさは微塵《みじん》も変わりありません。

「へぇ、すき焼きかよ」

ちょうど離れから出てきた勘一さんが声を上げました。ジョーさんがにやりと笑います。

「こうして大勢が集まったわけだからな。まぁ景気付けさ」

「よし、じゃあ七輪に炭熾《おこ》さねぇとな」

牛肉なんて何処でどうやって手に入れられたのでしょう。わたしがそんな顔をしていたのか勘一さんがひょいと眉を上げて言いました。

「言っただろ？　ジョーの野郎は貿易商みたいなもんだってよ」

「ええ」

「あいつがその気になりゃあよ、軍艦一隻だって手に入れられるのさ」

からからと勘一さんが笑いました。さすがにそれは冗談だと思いますが、とにかく色んな手蔓を持っているんでしょう。そうでなければ政に関わる方の裏口を護《まも》るような仕事は出来ないんですね。

勘一さんが十郎さんに声を掛けて、一緒に物置から七輪を二つ持ち出してきました。居間では帰ったばかりのお父様とジョーさんが、大正の頃からずっとここにあるという大きな一枚板の座卓の天板を外して七輪を置けるようにしています。お母さんとマリアさんが台所で支度をしています。手伝おうとすると「明日からやってもらいますからね」とお母さんが微笑んで、休んでいなさいと言うので、わたしはやっぱり縁側でノラと玉三郎と一緒に座っていました。

何か、皆さんのお気持ちが嬉しくて、眼の奥が熱くなって涙がこぼれてしまいそうになるのをこらえていました。この家に、涙は似合わないような気がします。

ジョーさん、十郎さん、そしてマリアさんが、いえわたしもそうでした。この〈東京バンドワゴン〉にそれぞれがやってきて、皆で揃って最初の晩ご飯を食べていました。

上座にはお父様、反対側には勘一さん、お店側にお母さんとわたしとマリアさん、縁側に向いた方にジョーさんと十郎さんとかずみちゃんが座りました。それにしても、わたしが言っては本当に失礼なんですけど、どこか不思議な感じの顔ぶれになってしまいました。

長くて立派な座卓ですから、七輪も二つ組み込めるようになっています。すき焼きがぐつぐつと音を立てて美味しそうな匂《にお》いを漂わせています。

「にしても、まぁよ」

勘一さんがお箸を振り上げて笑いました。ジョーさんがそれを見咎《みとが》めます。

「何だよ勘一。行儀が悪いな」

「おめぇに言われたかねぇな。我が家も一気に奇妙な家族構成になっちまったなと思ってよ」

皆がそれぞれの顔を見回して、笑いました。

「でも良かったわ。やっぱりご飯は大勢で食べる方が楽しいもの」

お母さんがにっこり微笑みます。お父様が壁のあちこちに書かれた家訓の中には〈食事は家族揃って賑やかに行うべし〉というのもありました。でも、そんな家訓を持ち出すまでもなく本当に賑やかになっていて、今まで静かな食卓が当たり前だったわたしはちょっと面食らってしまった程です。

もちろん勘一さんは陽気な方ですし、お母さんもとても話し好きです。ジョーさんは非常に話題豊富で口が達者で、十郎さんも独特の口調でまるで落語家のように話をします。かずみちゃんもとても明るい子供ですから、喜んで騒いでいます。

そして、何といっても、そこに居るだけで周りの空気を華やかにしてしまうマリアさんです。ちょっと乱暴な物の言い方をするマリアさんですけど、まるでビスクドォルのように上品で綺麗な顔のマリアさんがそういう物言いをすると不思議と魅力的なんです。

「アタシねぇ、サッちゃん好きよ」

「え？」

隣に座っていたマリアさんがいきなりそんな事を言い出したのでわたしは驚いてしまいました。口に入れようとしたお豆腐を落としてしまったぐらい。

「もうねぇ、さっき会ったときに一目惚《ひとめぼ》れ」

うふふ、と笑います。マリアさんが身体を寄せてきたのでわたしはどうしていいやら困ってしまいました。ジョーさんがにやりと笑います。

「おいマリア。サチさんはお前とは出が違うんだからな。ちょっとは遠慮しろ」

「いいじゃないの女同士なんだし。これからずーっと一緒に居るんだしね」

ねぇ？　とにっこり微笑まれて、本当に女同士だというのにわたしはどぎまぎしてしまいます。ジョーさんとマリアさんはどうやら昔からの知り合いらしく、会話の中にもそれが窺えます。

「あ、そうそう。ねぇサッちゃん」

「はい」

「考えたんだけどね、その鞄」

わたしが肩から掛けている鞄に眼をやり、チョッキを拵《こしら》えようとマリアさんが言い出しました。

「チョッキ?」

「そうよ。皆でお揃いのチョッキ。そうね、深い緑がいいわね」

マリアさんがニコッと笑って皆を見回しました。鞄とチョッキがどうだと言うんでしょう。

「なんでチョッキを?」

勘一さんが訊きました。

「これだから男は鈍くてヤだねぇ。かずみちゃんはわかるかな?」

「ワタシ?」

かずみちゃんが肉を頬張りながら首を捻りました。

「そう。女同士だもん。サッちゃんのためにね、チョッキを作ってあげるの」

わたしのためにですか。首を捻っていると、同じように首を捻っていたかずみちゃんが「あ!」と大声を出しました。

「判った!」

「判った?」

「その鞄だ！」そうよぉ！　とマリアさんは拍手します。

「いいわよ、かずみちゃん。アンタもいい女になれる」

「私も判ったわ。揃いのユニフォームにして隠すのね」

お母さんもぽん、と手を打ちました。お父様も勘一さんもジョーさんも訳が判らずに顔を顰めていましたが、十郎さんがそれはいいねぇと声を上げます。

「これだけ人が居てごろごろしてちゃあ余計目立ちますからねぇ、交代で店に出るとして揃いの服を着ていた方がいい隠れ蓑になるでしょうねぇ」

「あ」

ようやくわたしも判りました。この鞄を四六時中ぶら下げていては、つまりお店に出ているときも肩から下げていては不自然ですね。

「チョッキの背中にでもポケットを作って入れておくんですね」

そうそう、とマリアさんが言って、お父様も皆も成程と頷きます。

「屈みこむ時なんかは多少嵩張って邪魔だろうけどさぁ、まぁ色々工夫してみるわよ」

「マリアさんは」

「何？」

「洋裁などはお得意なのですか？」

まだマリアさんが一体どういう方なのか、わたしは何も聞いていないんです。このご時世にこの容姿で艶《あで》やかなお姿ですから、ありきたりの職業ではないとは思っていましたけど。マリアさんがにこっと笑いました。

「必要に迫られてね」

「必要?」

「衣装なんかはね、全部自分で作っていたから」

ジョーさんがネギを歯で噛んだまま、くいっと顎を動かします。

「サチさん、このマリアはね」

「はい」

「シンガーなんだよ」

「シンガー」

歌手の方でしたか。

「それも、アメリカはブロードウェイの舞台にも立った事のある生粋《きっすい》のジャズ・シンガーさ」

「まぁ」

それほど凄い方だったんですね。

「まぁ昔の話よねー」

マリアさんが鍋《なべ》の中から牛肉をつまみながら、少し淋しげな表情を見せます。

「ちょっとね、咽をやられちゃって」

「咽を」

「長い事歌っていられなくなっちゃってね」

戦争中はもちろん無理でしたが、クラブやバーで働きながらほんの少し歌を披露するという暮らしをしていたそうです。そしてこの美貌《びぼう》ですから、それはもうこの辺りの音楽好きの方の間では有名だったとか。でも、何故その歌手のマリアさんがわたしを守るために。

「何、俺とはガキの頃からの付き合いでね」

ジョーさんです。

「こいつもブアイソーにはお世話になってるんですよ。俺が一軍だとしたらこいつは二軍ってわけで」

「豪勢な二軍だねぇ」

十郎さんがご飯の上に味の染み込んだ玉葱《たまねぎ》を載せてかき込みながら笑いました。

「私たちの間ではぁ、〈猛獣使いのマリア〉で有名でしたよぉ」

「猛獣使い？」

通り名がついていたんですか。それも猛獣使いなんて凄い通り名ですけど、マリアさんは肩を竦めて苦笑しました。お父様が微笑みながら頷きます。

「サチさん」

「はい」

「マリアちゃんはこの美貌だろう。入れ込む男はそれはもう星の数なんだよ」

そうだろうと思います。女のわたしでさえ思わず見蕩れてしまうほどなんですから。

「彼女のためなら仮令《たとえ》火の中水の中という屈強な男どもは数知れずだね」

成程、と納得してしまいました。確かにこのマリアさんに頼まれ事をされれば、男の方は一も二もなく頷いてしまうかもしれません。

にこにこしながら美味しそうにご飯を食べていたかずみちゃんが、ふと箸を置いて小さく溜息をつきました。お腹一杯になったのかと思いましたが。

「かずみちゃん、どうしたの？」

「あ、ううん、なんでもない」

「もうお腹一杯？　まだご飯はたくさんあるわよ？」

お母さんも訊きました。かずみちゃんはちょっと恥ずかしそうに笑いました。

「うん、ちょっと」

「ちょっと？」

「すき焼きなんか食べたのいつだったかなぁって考えちゃったら、なんか」

へへ、と笑います。詳しい事情は聞いていないんですが、かずみちゃんは九歳。まだまだお父さんお母さんが恋しい年ごろです。それなのに、戦災孤児となってしまったのです。勘一さんが手を伸ばしてかずみちゃんの頭をポンと軽く叩きました。

「なんでぇかずみ。また弱気の虫が出たか？」

「だいじょうぶだよ勘一」

よし、と勘一さんが笑います。かずみちゃんが少し大きな声で言いました。

「こんなふうに食べられるだけで幸せ」

「おう」

「屋根のある家で寝られるだけ幸せ」

「そうだ」

「そうじゃない人の分だけ、頑張らないとバチが当たる」

「おうよ。その通りだ。いつもそうやって言ってるだろ」

「うん」

かずみちゃんがまた箸を持ちました。皆がかずみちゃんを見つめて、優しく微笑みます。

誰も何も言いませんが、判っています。町にはぼろぼろの服で家もなく、その日食べるご飯もない子供がたくさん居ます。大人もそうです。既に死んでいるのか生きているのか判らないような人も道路や瓦礫の脇に寝転がっています。今は、そういう時分なのです。

それなのに、わたしたちはこうして温かい食卓を囲んでいられる。

「その不平等を悩んでいては、前に進めない」

お父様が、ゆっくりと微笑みながら言いました。

「幸せを噛みしめて、そうではない人のために何が出来るか。何も出来ないまでもどう生きるべきか」

十郎さんが大きく頷きました。

「変わらないですねぇ草平さん。あなた、昔からそんな風に言ってましたねぇ」

「そうだったかね」

微笑みました。

「サチさん、勘一くん」

十郎さんが言いました。

「私はねぇ。今は亡き草平さんのお父さん、達吉さんに命を救われた男なんですねぇ」

勘一さんも、そしてジョーさんもマリアさんも意外そうな表情を見せました。誰も何も知らなかったんですね。

「詳しい事情はまぁこういう場では憚《はばか》られるのでねぇ、いずれまたですが、生き恥を曝《さら》していると思っていた人間なんですよ」

ジョーさんがうん、と頷きながら鍋から肉をすくいます。

「それをね、草平さんは今のようにねぇ、懇々と諭すわけですよ。何かを得た人間は、その得たものをどう使うかで値打ちが決まるとねぇ」

十郎さんは少し照れ臭そうに微笑み、またご飯をかき込みました。

そうやって、人はたくさんのものを抱え込んで生きていくんでしょう。ジョーさんにしてもマリアさんにしてもきっとそうなんでしょう。恵まれた環境に生まれ育ってきた自分を省みて、思わず咽が詰まり箸が止まりそうになりましたが、ぐっと堪《こら》えて美味しいご飯を飲み込みました。

わたしは、そのような事で悩んだり悲しんだりする立場には居ないんです。

皆さんの、信じられないような温かいご厚意でここにこうしているんです。せめて、明るく元気に振る舞わなければそれこそバチが当たります。

七

「昨日の夜にねぇ、東宝劇場に行ったのよ。そうしたらぁ、名前も知らない女がね〈Stardust〉を歌っていたんだけどこれがもう演奏も発音もひどくて聴いちゃいられないの」

「へぇ、そうかい」

「入りはどうなんだい」

勘一さんに続けて、お父様も興味深げにマリアさんに訊きました。

「ボックスはGIばっかりね。その他も、もう皆やっぱり飢えてんだねぇ、入口なんかお祭り騒ぎのような人だかり」

かずみちゃんが寝た頃に、お父様、勘一さん、十郎さん、ジョーさん、マリアさんは座卓を囲んで何やら話し出しました。これもジョーさんが持ってきたウィスキィを少しずつ飲みながらです。わたしはお母さんの台所の片付けを手伝っていたのですが、ちょっといいかい、と呼ばれて、おつまみ代わりのお漬物やらをお出しして、そのまま座りました。

「飲めるのかい？　サチさんは」

お父様に訊かれて思わず手を振りました。

「いいえ、駄目だと思います」

お母さんがお茶を持ってきてくれて、わたしが恐縮すると「今日までね」と悪戯《いたずら》っぽく微笑みます。お父様が、さて、とわたしに向かって言いました。

「皆が揃ったところでおさらいをしておこう」

「おさらい？」

「たぶんジョーや十郎もそうしてきただろうが、私もあちこちに顔を出して少しばかり情報を集めてみた」

ジョーさんも十郎さんもマリアさんも頷きます。

「最初に厳しい事を言っておこう」

「はい」

本当にお父様の顔が険しくなりました。

「五条辻家には、もう一生このまま戻れないと思った方がいい。いや、そう覚悟を決めてほしい」

思わず背筋が伸びてしまいました。皆の表情にも緊張が走ったような気がします。

「親父、そいつは」

勘一さんの言葉をお父様は右手を上げて止めました。

「いや、勘一。これはもう確実だ。敗戦国となった以上、財閥の解体や特権階級の廃止は自明の理だ。かの五条辻家とて例外ではない。さらにあの家の軍や皇室との深い事情を考えれば自然と導き出される結論だ」

事実、とお父様はわたしの顔を見ました。

「家は、もうＧＨＱによって接収されていた。何人《なんぴと》たりとも許可無しでは立ち入る事はできない」

昨日の昼に家捜しされていた家を見た時に、ある程度は覚悟していましたが、改めて聞かされると胸の辺りが苦しくなってきたような気がします。マリアさんがさっとわたしの横に来てくれました。

「大丈夫？　サッちゃん」

頷きました。大丈夫です。お父様が続けました。

「サチさんの持つその〈箱〉の噂《うわさ》を聞きつけ、それを狙う連中は四種類」

「四種類？」

「まず、戦いに敗れ、国を占領されたといっても未《ま》だ危険な事を考えている連中は多い。軍部に関係していた連中で、十郎の側ではない人間」

十郎さんが、うむ、と頭《こうべ》を垂れました。

「そして、政に関わり、裏で暗躍する人間たち。これはジョーや私が情勢を探る事ができる」

ジョーさんが二度、三度頭を縦に振りました。

「さらに、経済界の裏側で動く連中、勢力を伸ばそうとするヤクザ者もここに加わる。これもジョーやマリアちゃんが探る事ができる」

マリアさんがにっこりと微笑みます。

「幸いにもそうやって、ここに居る人間が動向を探りながらサチさんとその〈箱〉を守る事はできるが、読めないのは占領軍だ」

「GHQ」

そう、とジョーさんが言って続けます。

「敵対する人間ばかりじゃない。むしろ日本に友好的な人もたくさん居るが、その組織は余りに大きすぎてブアイソーも把握できない部分が多すぎるんですよ」

「特に、情報部の方ですねぇ」

十郎さんが懐手《ふところで》をしながら言いました。お父様は心配そうに頷きます。

「今日、判った事と言えば、残念ながらサチさんのご両親は、そういう私たちの窺い知れない占領軍の連中に軟禁されているのではないだろうか、というあやふやな、私の推測を多少は裏付けるような事だけだった」

唇を噛みしめました。判っていました。ですから、泣いてはいけません。お父様の言葉に頷きました。

「従って、ジョー、十郎、マリアちゃん」

「はい」

「頼みたい事がある」

「なんでしょう」

三人で顔を見合わせた後に十郎さんが訊きました。

「皆は、それぞれの立場であの〈箱〉を守るためにここに来ているわけだが、サチさんのご両親の居場所を探るために、協力してはくれまいか」

勘一さんがぐるっと皆さんの顔を見回しました。ジョーさんも十郎さんもマリアさんも、厳しい顔をしています。

「俺からも、頼むぜ」

勘一さんがずっ、と後ろに下がり、手を突きました。ジョーさんがびっくりした顔をします。

「サチにはなんの罪もねぇのに、ひとりぼっちになっちまったんだ。縁があってよぉ、こうして我が家にやってきたんだ」

「勘一さん」

勘一さんが、にこっと笑いました。

「助けてやりてぇじゃねぇか。けどよ、俺に出来るのはせいぜいがサチの傍に居て、寄ってくる連中を投げ飛ばして放り出すだけだ。それしか出来ねぇ。サチの父さん母さんの居場所を探るなんて器用な真似はよ、あんたらに頼むしかねぇ」

頼むぜ、と勘一さんが頭を下げました。わたしはもう驚いて勘一さんの傍に走り寄りました。

「勘一さん、違います。頭を下げるのは、わたしです」

勘一さんの隣に座り、皆さんに向かって頭を下げました。

「わたしこそ、何にも出来ません。父や母がどうなったのか、知りたくても、助けたくても、何にも出来ません。けれど」

何も言えませんでした。ただただお願いするしかありません。

「お願いします！」

頭を下げたわたしの横に、お母さんがやってきました。

「さぁさぁ、もういいから、頭を上げて。ほら勘一も」

「勘一」

ジョーさんです。顔を上げるとジョーさんはにやりと笑っていました。

「充分だ」

「何がでぇ」

「お前は、サチさんの傍に居て、近づく野郎を片っ端からぶん投げろ。それで充分だ。お前がそうしていてくれれば、俺たちは安心して外に出掛けて調べる事が出来るってもんだ。ねぇ十郎の旦那」

「まったくだねぇ」

十郎さんが、グラスのウィスキィをくいっと飲んで笑いました。

「それぞれ役割ってものがありますからねぇ。軍で鍛えた私ですが、腕っぷしでは勘一君にはかなわないですからねぇ」

マリアさんも微笑んで、煙草に火を点けました。

「アタシねぇ、もうとっくに決めてんのよ草平の旦那」

「何をだい」

「サッちゃんのねぇ、とびっきりの笑顔を見たいってね。そのために働こうって」

「マリアさん」

駄目でした。どうして皆さんは、知り合ったばかりのわたしにこんなに優しいのでしょう。ずっと我慢していた涙がこぼれてしまいました。お母さんが優しく背中を撫でてくれました。

「サチさん。恩義とかそういうものを感じる必要はないからね」

お父様が言いました。

「ほれ、あの家訓だ」

「家訓」

「〈文化文明に関する些事諸問題なら、如何なる事でも万事解決〉。お節介なんだよ。我が家の人間は家系でね」

勘一さんもお母さんも笑いました。

「それにね、サチさん」

ジョーさんです。

「堀田家に関わった人間にはね、そのお節介が伝染しちまうんですよ」

そう言って、にっこり笑いました。わたしはただただ有り難くて、頷く事しか出来ませんでした。

「しかし草平さん。探るだけじゃあ、不充分でしょうねぇ」

十郎さんが言うと、ジョーさんも頷きます。

「もっともだ。探って、救い出さなきゃ何にもならない」

「腕が鳴るわね」

ジョーさんやマリアさんの言葉にお父様はその通りと言いましたが、しかし、と続けました。

「何分、相当にデリケェトな問題だ。埃を立ててもいけないし、火の粉が降りかかってきても拙い。事は相当慎重に進めていかなければな」

その辺は十二分に注意してほしいとのお父様の言葉に、皆さんは真剣な顔をして頷きました。

「しかしよぉ」

勘一さんです。もう足を崩して座卓に向かって煙草を吹かしています。

「そうとなりゃあ明日っからの毎日の仕事の分担も役割も決まったようなもんだけどよ、その前に、ちょっとなぁ」

何でしょう。皆が首を傾げました。

「何だよ勘一。もったいつけるな」

ジョーさんに言われて、勘一さんがお父様を見ました。

「親父」

「なんだい」

「GHQに接収されたって言ってたけど、MPなんかが張り付いているのかよ」

お父様が首を傾げました。

「それは、ないだろうな」

一度グラスを傾けてから続けました。

「GHQが表立って正式に堂々と〈箱〉の奪取行動をしているわけではない。もしそうならブアイソーに動きが摑めないはずがない。〈箱〉の中身の性質上、一部の人間たちの隠密行動であることは明白だ」

「そうでなきゃあもっと人員を配置して大掛かりにやりますからねぇ」

ジョーさんもマリアさんも頷いています。言われてみればそうかもしれません。

「接収とて、表向きはあくまでも特権階級の廃止に関わる行動として行われたはずだ。

従って正面切って人員を張り付かせるようなことはしていないだろうな」

勘一さん、ニヤリと笑いました。

「せいぜいが定期的な見回りぐらいってことだよな」

「そうだな」

勘一さんが、何かを思うように天井を見上げぐるりと頭を巡らせます。

「家は大事だよな」

皆がきょとんとしました。

「家に戻れなくなっちまったんだよ、サチはよ」

わたしは思わず、あ、と小さく声を出してしまい慌てて口を手で塞《ふさ》ぎました。勘一さん、それは。

「慌てて逃げ出して、ばたばたして、そしてもう接収されて二度と戻れないってよ。なんだか淋しいじゃねぇか。最後の別れぐらいしんみりとさせてやりてぇなって思ったんだけどな」

ジョーさんが、感心したようにうんうんと首を縦に振りました。マリアさんが笑って勘一さんの肩をポーンと叩きます。

「それは、確かに昼日中に行くわけにはいかないわねぇ」

「夜中ですねぇ、行くのなら。幸い」

十郎さんが縁側の方を見ました。

「今夜はいい月夜ですよぉ。長のお別れを言ってくるのにはいい晩でしょうねぇ」

「昨日の今日だ。間を空けるよりむしろベストだろうな」

お父様がそう言うとジョーさんがポンと手を打ちました。

「ついでに家に忍び込んで、サチさんの私物なんかを持ってくるのもいいんじゃないか？」

「そんな」

思わずそう言いました。お気持ちは嬉しいです。家に、生まれてからずっと過ごしてきたあの家にお別れを言いたいという気持ちも確かにあります。でも、MPの見回りの人が居たとしたらどうなるんでしょう。下手《へた》したら撃たれてしまいます。

「そんな危ない事を、わたしのために」

お願いできません、と言うと、あら、とマリアさんがわたしの肩を叩きながら言いました。

「大丈夫大丈夫」

マリアさんが、なんだか悪戯っぽく、唇の端を吊《つ》り上げて、にぃ、と笑いました。

「このメンツよ？　何も心配することないってサッちゃん」

「あの、でも、皆さんお酒を」

酔っているのではないかと思ったのですが、違いました。では、と十郎さんが言うと、マリアさんもジョーさんもすっくと立ち上がりました。二人とも背が高いですから、居間の中が急に狭くなったように感じます。

十郎さんもマリアさんもジョーさんも、さっきまでの、のんびりと楽しく微笑んでいた顔が引き締まり眼光も鋭くなっています。準備をする、と三人が部屋に一度戻ったときに、お父様が言いました。

「心配ないよ。三人とも、我々のような人間には想像も出来ないほどの修羅場をくぐってきた人間だ。多少のアルコォルは、潤滑油みたいなものだろう」

勘一さんも頷いています。そういうものなんでしょうか。確かにお酒を飲むと血行が良くなると聞いていますから、そういう意味では気持ちが昂《たか》ぶるのかもしれませんが。

「それに」

お父様がグラスを傾けた後に言いました。

「今すぐというわけではないよ。準備をして一眠りして、夜明け前がいちばんいいだろうね」

「そうなんですか？」

「夜中は空気が澄んで音がよく聞こえる。夜明け前は、人目もないし多少音がしても早起きの鳥が騒いでいるだけと思われるからね」

朝にしては妙に生暖かい風が少しく吹いていて、わたしは思わずぶるっと震えてしまいました。全然寒くはありませんから、こういうのを武者震いというんでしょうか。別に戦うわけではないんですから違いますか。

午前五時を回った頃。まだ夜の闇の中、ジョーさんと勘一さんが二人で出掛けて、表通りにトラックを運んでくるのに十五分と掛かりませんでした。一体何処から持ってきたのかは判りませんが、もうそういうことは考えない方がいいのだとわたしも理解しました。ジョーさんが用意できないものはほとんど何もないんでしょう。

勘一さんが運転して、わたしとマリアさんは少し狭いですけど二人で助手席に乗りました。ジョーさん、十郎さんは荷台です。こういう車に乗るのは初めてでしたけど、座るところが普通の車よりも高いので、なんだか景色が違って見えて面白く感じました。向こうの山並みの辺りが微かにですけど明るくなってきたように感じます。こんなに早起きするのも久しぶりです。

「サッちゃん」

マリアさんがわたしを呼びました。

「もし忍び込めたらさぁ、持っていきたいものは？」

我儘《わがまま》言っていいのよ、とマリアさんが言いました。

「そうですね」

なんでしょう。やっぱり家族の、父や母との思い出の品、例えば写真アルバムなどは持っていきたいと思いましたが、それは処分されてるかもしれません。

「あまりないかもしれませんね」

マリアさんは優しく微笑んでわたしの肩に手を置きました。

「まぁベッドとかは無理だけどさ、使い慣れた枕《まくら》とか大事な服とかあるでしょ。そういうの持ってきちゃいましょうよ」

まるで自分のことのように、嬉しそうにマリアさんが言いました。それにこくりと頷きながらも、わたしはまた疑問が頭に浮かんでいました。

どうしてマリアさんは、こんなに優しいんでしょう。まだ出会って一日も経っていません。それなのにマリアさんは、わたしが十年来の親友であるかのように優しい眼差《まなざ》しを向けてくれます。それは、ジョーさんも十郎さんもそうなんですけど。

「あの」

「なぁに」

どう訊けばいいか迷いました。厚意はただ素直に受け取っておけばいいとお父様はおっしゃってました。

「マリアさん、ご家族は」

思わずそんなことを訊いてしまってすぐに後悔しました。ジョーさんもマリアさんも色々な事情がありそうなのに。でも、マリアさんはニコッと笑って、言いました。

「ご家族なんて上等なものじゃないけどねぇ。居るわよ。幸いにも」

勘一さんがちらっとこちらを見ました。その辺りのことは知らなかったな、という表情をしています。

「遠きにありて思うもの、かな」

「え？」

小さく笑いましたが、どことなく淋しそうな笑顔。

「故郷も家族も、アタシにとっちゃ離れているから思えるものなのよ」

そう言ってから、気にしないで、とそっとわたしの手の甲に触れました。

「妹が居るの。ちょうどサッちゃんと同じぐらい」

「そうなんですか」

「妹をね、傍で可愛がれない分、これからサッちゃんを可愛がっちゃうから」

うふふ、と悪戯っぽく笑いました。どんな事情があるのかは判りませんが、わたしもお願いしますと笑ってみました。

「室生犀星《むろうさいせい》さんか」

勘一さんが前を見ながら言いました。わたしも知ってます。室生犀星という作家の方の詩ですね。

ふるさとは遠きにありて思ふもの
そして悲しくうたふもの
よしや
うらぶれて異土の乞食《かたゐ》となるとても
帰るところにあるまじや
ひとり都のゆふぐれに
ふるさとおもひ涙ぐむ
そのこころもて
遠きみやこにかへらばや
遠きみやこにかへらばや

矢張り、何も訊くべきではなかったと、心の中で謝りました。華族の娘としてのうのうと暮らしてきたわたしとは違い、マリアさんもジョーさんも十郎さんも、きっと果てしない悲しみや苦しみをその胸の内に抱えているんです。

「さて、そろそろだな」

気がつけば、わたしの家はもうすぐそこでした。後ろから車体をバンバンと叩く音が聞こえて、勘一さんが車を停めました。ジョーさんが荷台から身体を運転席の方に寄越して言います。

「なるべく家全体が見える少し離れたところに停めてくれ」

「わかった」

もう少し車を動かして、言われたように家全体が見えるところに停めました。わたしにとっては、見慣れた景色です。

門のところに人影が動いたような気がしました。

「勘一さん」

「おう。判ってる」

勘一さんがゆっくりドアを開けようとしたところに、またジョーさんが顔を覗かせます。

「心配いらない。ネズミだ」

「なんだ。あいつかよ」

「ネズミ？」

おう、と勘一さんが微笑みました。

「ジョーの仲間だ。心配いらねぇよ」

「仲間」

「チンピラみたいなもんだけどな。鍵を開けることに関しちゃ随一って奴だ」

鍵ですか。その人影が、すすすっと動いてこちらに向かって走ってきました。まるで流れるような動きです。ネズミと呼ばれてましたが、その名のようにグレイのツイードのスーツ姿の小柄な男性でした。

「どうだ」

ジョーさんが荷台から訊きました。そのネズミさんという方がにやりと笑います。

「問題ないよ。朝になるまでは誰も来ないさ」

「OK」

そうとなれば遠慮はいらない、と言って、十郎さんもジョーさんも荷台から降りてきました。マリアさんが行くわよ、とドアを開けました。

「持っていきたいものをどんどん言いつけな」

勘一さんがわたしの肩を軽く叩いて言いました。

＊

全てをトラックの荷台に運び込んだ頃には、すっかり夜が明けて、庭の木々に雀たちの声が響いていました。玄関先でその胡桃《くるみ》の木を見上げて、もうここには二度と戻ってこられないんだなと、考えていました。ポンと肩を叩かれて振り返ると、ネズミさんがニコッと笑いました。

「ご挨拶が遅れたけどね。また会うこともあるかなってさ」

ネズミって呼んでくださいなぁ、とソフト帽をひょいと上げました。

「この度は、本当にお世話になりました」

ネズミさんの手際は本当に素晴らしくて、鍵が掛かっていた全てのドアを、何の苦もなくどんどん開けていったのです。自分の家の部屋の鍵がそうやって開けられるのを見ているというのも不思議な経験でしたけど。

「おいネズミ」

勘一さんです。

「顔見知りになったからって、町で会ってもあんま馴れ馴れしくするんじゃねぇぞ」

ネズミさんがひょいと肩を竦めました。

「おー怖い。じゃ、あたしはこれで」

ネズミさんは、そのままひょいひょいと歩いていき、朝の冷たい空気の中に消えていきました。その歩く姿は本当にネズミのようにすばしっこくて、つい微笑んでしまいました。

「面白そうな方ですね」

そう言うと、マリアさんは真面目な顔で言います。

「サッちゃん。いい？」

「なんでしょう」

「これからはああいう連中とも、いろいろ付き合いが増えるかもしれないけどね。アタシたちの仲間とか、十郎さんの仲間とか」

「はい」

「いい？　いくらそういう仲間だといっても、アタシたちが絶対に大丈夫って太鼓判を押した連中以外には気を許さないでね」

気の好《い》い連中は確かに多い。けれども、あなたとは違う世界の人間ばかり、とマリアさんは続けました。

「あなたの常識が通じないこともたくさんあるんだから」

真剣な顔をして言うマリアさんに、頷くしかありませんでした。わたしは、ただの世間知らずのお嬢さんでしかないんですから。

〈東京バンドワゴン〉に帰り着くと、かずみちゃんが「おかえりー！」と笑顔で出迎えてくれました。お母さんもお疲れさま、と笑顔を見せてくれます。

「荷物運びは男の人に任せちゃって、朝ご飯の支度をしましょう」

「はい！」

堀田家の台所は他の部屋の大きさと比べると意外な程に大きいのです。食器棚に仕舞われた皿などの数もとても一家族のものとは思えないほどたくさんあります。訊けば、先代が生きていらっしゃった頃にはそれはもうたくさんの人たちが出入りしていたとか。

「毎日のようにたくさんの人が入れ替わり立ち替わりでいらしていたのよね」

お母さんが笑顔でそう言いました。

「だからねぇ、うちの人たちは皆賑やかなのが好きなのよ。サチさんのお陰で家族が増えてきっといちばん喜んでいるのは草平さんよ」

「そうなのですか」

「あら、おかみさん、これは？」

着替えてお手伝いに来たマリアさんが声を上げました。七輪のようですが見たことのない形をしていてとても大きいものです。ガス栓に繋《つな》がっているのでガス七輪のようなものであることは間違いないのでしょうけど。

「あぁ、イギリス製なのよ。珍しいでしょう？」

お父様や先代がイギリスに長く居た関係で、堀田家にはイギリスの製品も多いのだとか。空襲ですっかりやられてしまいましたけど、ガスの供給は時間を決めて始まっています。そのうちに全面的に供給されるでしょう。堀田家のご飯も大きなガス竈《かまど》で炊かれています。

それにしても、たくさんのご飯です。大きなガス竈二つで炊かれています。

「後でお握りを作るのよ」

「お握りですか？」

後でね、とお母さんが微笑みます。かずみちゃんがお茶碗《ちゃわん》やお皿を居間の座卓の方に運び、そのまま勘一さんや十郎さんと何事か話しています。からからと玄関の戸が開く音が聞こえて、続いて「おはよー」という男の方の声が聞こえてきました。こんな朝早くからお客さんでしょうか。

「あぁ、いいの放っておいて、勝手に入ってくるから」

「どなたですか？」

居間の方からまた「おはよう！」と声が響きます。

「おっ、なんだよ随分人数が増えてんな堀田家は」

若い男性です。勘一さんと同じ年の頃でしょうか。袴《はかま》を穿いて、まるで神主さんみたいです。

「神主なのよ」

「そうなのですか？」

「びっくりさせちゃいましょうか」

お母さんが悪戯っぽく笑って、わたしを居間まで引っ張っていきました。

「祐円《ゆうえん》ちゃん」

「おはようございますおかみさん」

「おはよう。この子ね、サチさんと言うの。勘一のお嫁さん」

祐円さんという方がぴょんと跳ねて後ろに下がりました。眼を丸くして驚いています。わたしはとりあえずそこに座って、挨拶しました。

「サチと申します。どうぞよろしくお願いします」

「あ、いや、えーっとおいらはね」

祐円さん、慌てて座って勘一さんとわたしの顔を見ています。勘一さんはどういう顔をしていいかわからないといったように、首筋を掻いたりしています。

「祐円ってんだけど、まぁあのほら勘一の幼馴染みってやつなんだけど、おい勘一！」

「なんだよ」

「なんだよじゃねぇよ！　式はうちの神社でって、いやそれよりいきなりなんだよ！　そんな話お前ひとっこともなかったじゃねぇかよ！」

あぁうるせえと勘一さんは祐円さんが肩にかけた手を振り払いました。ジョーさんたちがにやにやしながらそれを見ています。

「式なんかまだ挙げてねぇよ」

「祐円くん」

お父様が声を掛けると、祐円さん、慌てて正座して、はい、と答えました。

「本当に急で驚いたと思うがね、いろいろ事情があって、こういう事になったんだ。ちゃんと式を挙げることになったら、そのときはお願いするから」

「あ、いや目出度いことなんですけど、いや」

一体いつの間に、と祐円さんはまだ何ごとか呟いています。

「私のね」

お母さんがおみおつけを運びながら言いました。

「郷里の方の知り合いの娘さんなのよ。ご縁があってね」

祐円さんがお母さんの説明にうんうんと頷いている間に、勘一さんが台所の方に向かっていって、わたしを手招きしました。

「はい」

「あいつはよぉ」

祐円さんの方に顎をしゃくりながら小声で話します。

「さっきも言ってたけど幼馴染みでよ。近所の神社の跡継ぎ息子なんだよ。いい奴なんだけど口が軽くてな、とても事情は説明できねぇから」

そこんところよろしくな、と苦笑いしました。それから、大きなガス竈の方を見て言いました。

「毎朝やってくるんだよ。こいつを取りに」

「こいつ？」

お母さんも戻ってきてその言葉を聞いて頷きました。

「祐円ちゃんの神社にもね、焼け出されて家がなくなってしまった人や、子供たちが集まっているから」

お握りをたくさん作って持っていくのだそうです。

「それを、ずっと、ですか？」

勘一さんもお母さんもにっこりと頷きました。

「こうして家も無事で、幸いにも食べるものには事欠かない我が家にできるのは、それぐらいですからね」

もっとも、と勘一さんが続けます。

「そんなことができるのも、ジョーの裏ルートのお陰だし、朝だけだけどな。配給は続いているし炊き出しもある。さすがに昼も夜もってぇわけにはいかねぇ」

そうだったのですか。

「まぁそれがなくてもあいつは昔っから我が家に朝飯を食いに来てたんだけどさ」

祐円さんのまだ小さい頃に、お母様がお亡くなりになってしまい、仲が良かった勘一さんの家によく来ていたそうです。

「さ、朝ご飯にしましょう」

ご飯とおみおつけ、裏にあるお豆腐屋さんから作りたてをいただく冷奴《ひややっこ》におから、卵焼きに鯵《あじ》のひらきを焼いたもの。質素ですけど温かい食事です。それだけで、今の時代は幸せなことだと感じられます。

「いただきます！」

かずみちゃんの元気な声に、祐円さんが微笑みます。

「勉強は進んでるか？」

「うん」

よし、と祐円さんが笑います。お話を伺うと、ジョーさんとは既に顔馴染みで、もちろんマリアさんのことも知っていました。十郎さんとは初めてですが、この三人が堀田家にしばらく住み込むことには何の疑問も感じないようです。

「ここには昔っから色んな人が集まってたからなぁ」

祐円さんが言いました。矢張り文士の方も多かったのですが、今にして思えば政財界の大物と言われるような方々もよくいらしていたと。

「ま、おいらも勘一も、このかずみみたいにちっちゃかったから何とも思ってなかったんだけどさ」

「そうなのですか」

「しかしあれだ、そうなるとサチさん、このかずみのこともよろしく頼むね」

事情はもう聞いてるんだろ？　と祐円さんは言います。わたしはおおよそのことは、と話を合わせました。戦争で孤児になってしまったことは聞きましたが、それ以外はまだ伺ってませんでしたから。

眼が合うと勘一さんは、うむ、と頷きました。

「今さら何心配してんだよ。ちゃんと大学までやって医者にしてやっからよ」

かずみちゃんがにこっと笑いました。お医者様にですか？　かずみちゃんを？　それはどういう事情で、と訊きたくなるところをこらえて、わたしも頷きました。

人手が増えて助かるわぁ、とお母さんが喜んでいました。わたしもマリアさんも、そして料理が得意でお握りなどはお手の物だという十郎さんも加わって、皆で作ったお握りを祐円さんの神社まで持っていきました。

歩いて三分も掛からないでしょうか。この辺りはお寺がとてもたくさんあるのですが、その中にひっそりと、目立たないほど小さい社がありました。境内には板きれやトタン板で作った小屋のようなものが建ち並んでいます。雨露は確かにしのげるでしょうが、これから寒くなっていく季節を過ごすのには少々心もとない感じがします。

それでも、そこここに生活の匂いとたくましい生きる力が感じられます。ある小屋には〈青空床屋〉という手書きの看板が掛かっていて、傍に理髪店の立派な椅子が一つだけありました。おそらくは戦渦の中をこれだけはと持ち出したんでしょう。

「俺もここでやってもらったのさ」

勘一さんが、坊主頭を撫でて笑いました。そうだったのですね。大きな鍋におみおつけのようなものが作られていました。十五、六人はいるでしょうか。子供たちもたくさんいます。わたしたちがお握りを運んでいくと、皆さんが笑顔で迎えてくれました。

「ついでだ、祐円の親父さんにも挨拶していこう」

勘一さんと二人で、裏手にあるお宅の方にお邪魔することにしました。

「あの、勘一さん」

「なんだい」

「その前に、さっきの、かずみちゃんの話なんですけど」

お医者様を目指すというのは、何でしょうと訊きました。それにまだかずみちゃんがどうして堀田家にお世話になるようになったのか聞いてなかったと。

「あぁそうだった」

すまねぇな、と頷き、じゃちょっとあっちでと境内の奥の方まで歩を進めました。ここまで来ると誰もいません。

「かずみはな。この辺りじゃちょいと有名だった医者の娘なのさ」

「お医者様の」

あぁ、と勘一さんは、淋しそうに頷きました。

「いい人でなぁ。〈医は仁術なり〉ってのを地でいったような先生だった」

だった、ということは。

「では」

「空襲でな。しかもその真っ最中に怪我人を診《み》ながら逝っちまった」

「そうでしたか」

そのかずみちゃんのお父様と、祐円さんのお父様である顕円《けんえん》さんがごく親しい友人だったそうです。かずみちゃんのことも生まれた時から知っていたとか。

「賢い子でな。お父さんお母さんの手伝いもよくやっていた。先生がそこらで怪我人の手当てをしているのを、小さい身体と小さい手で一生懸命手伝っていた。この辺の連中はみんなそれを知ってて、思ってた。あの子はきっと将来素晴らしい女医さんになるってな」

「それでですか」

ご両親亡き後、かずみちゃんの後見人を買って出たのが、堀田のお父様だったのだそうです。もちろん顕円さんがかずみちゃんを引き取っても良かったのですが、将来のことを考え、お父様に託したとか。

「まぁああいう親父だから大学関係にはいろいろ顔が利くしな。俺も一応医学生だしな。それで我が家に来たってわけだ」

本当にお医者様になれるかどうかは判りません。けれども、精一杯のことをしてやろうと皆で決めたそうです。それだけでもとてもご立派で、そして大変なことなのに、その上にわたしの事まで。

そう言うと勘一さんはからからと笑います。

「何度も言うけど気にすんなって。お節介なんだよ。こりゃあ血筋さ。好きでやってんだからよ」

祐円さんのお父様という神主の顕円さんは、愛嬌《あいきょう》のある丸顔で坊主頭で、神主さんというよりお坊さんみたいです。

「あぁ、よく来てくれました」

顕円さんは、堀田のお父様に話をもう聞いていたようです。勘一さんが急な話ですいませんと言うと、いやなに、目出度いことだと喜んでくれました。

「まぁ、詳しい事情は聞いていないが」

「はい」

「おおよそのことは」

「そうですか」

おおよそ、とは、おそらくはわたしたちが本当の夫婦ではなく、仮であるということは判っているということなんでしょう。

「サチさん」

「はい」

顕円さんがにっこり笑って言いました。

「私はこの勘一を生まれたときから知ってますけどね。多少柄は悪いが、誠実な、良い男ですよ」

「はい」

それはもう、その通りだと思っていたので素直に頷きました。

「いつかごたごたが片付いたあかつきに、ここで本当にお式を挙げていただくことになったら嬉しいですね」

わたしは、頷きながらも頬が染まるのを感じていました。仮のものだと判ってはいながらも、そういうふうに言われると困ってしまいます。

「いやぁ、そいつはどうにも」

勘一さんが照れて真っ赤になっています。

「ま、それには尚一層の精進《しょうじん》が必要だろうけどな。勘一」

よっく承知しています、と勘一さんが苦笑いします。もちろん、勘一さんの妻になったというのは周囲の眼を誤魔化《ごまか》すためのものです。

でも、まだ出会ったばかりですが、勘一さんがとても良い方だというのは充分判りましたから嫌な心持ちにはなりません。恥ずかしいだけです。そのうちに慣れる日が来るでしょうか。

「サチさん」

顕円さんが優しく微笑んで言いました。

「はい」

「いろいろ、大変だったでしょう」

そんなことはありません、と首を横に振りました。それはもちろん、今までの戦争も含めてのことなのだと理解しましたが、大変なのはわたしだけではないんですから。

「それでもですね、新しい生活というのは、始まるものなのですよ」

「新しい、生活」

そう、と大きく頷かれました。

「何かを失うというのは、次に何かを得る事もできるということですからね。あなたの新しい生活に、色んなことを望みなさい。願いなさい。望んだり願ったりすることは、生きる力になります」

私も、新しい生活に幸多かれと祈ってますよ、とおっしゃってくださいました。

「あなたの、名前のようにね」

サチ。それはすなわち幸であるということでしょう。思わず勘一さんと顔を見合わせて、それから二人で、有り難うございますと頭を下げました。


新しい生活。

まだ朝の冷たい空気の中を、勘一さんと二人で〈東京バンドワゴン〉へと帰る道すがら、そっと呟いてみました。勘一さんがそれを聞いて、わたしを見て微笑んで頷きます。

心配事は山ほどありますが、たくさんの人のご厚意に支えられて、わたしの新しい生活が始まったのだと思いました。

あの温かい薫《かお》りの漂う古書店〈東京バンドワゴン〉で。

第二章 〈Tokyo Bandwagon〉

昭和二十一年一月

一

年が明けました。

新年の朝ご飯の席で、お父様は静かに微笑《ほほえ》んで「最悪の年は過ぎたな」と言い、お母さんも勘一さんも、もちろんかずみちゃんも静かに頷《うなず》いていました。

新しい年です。色々と不自由である事にはまだまだ変わりはないのですが、ささやかに門松を飾りました。と言っても、勘一さんが門松に似せて材木の切れ端で作ったものなのですが。

大晦日《おおみそか》から留守にしていたジョーさん、マリアさん、十郎さんは、これは偶然なのですが三日の日に皆さんほとんど同じ時刻、午後の三時頃に帰ってきました。

ほんの三日ほど家を空けただけなのですが、すっかり賑《にぎ》やかな雰囲気に慣れてしまい、お正月だというのに火の消えたような静けさにかずみちゃんも淋《さび》しそうにしていたので、玄関から響いた皆さんの声に大喜びしていました。もちろんわたしもです。

さっそく居間の座卓に皆が揃《そろ》って座り、新年の挨拶《あいさつ》とよもやま話です。

「しかし財産税とか利得税とか、大変ですねぇ」

「そういや入場税が高くて高くて二十割ですってよ。上がりが全然ないんだって芸人たちが泣いてるわよ。みんな娯楽に飢えてるからあちこちの劇場は満員御礼《まんいんおんれい》なんだけど、生活していけないって」

「まぁ芸人さんたちは贅沢《ぜいたく》に慣れてる人が多いからな。あ、おかみさん、これ蜜柑《みかん》と酒と米と、それから電気行灯《あんどん》、壊れてたでしょう?」

「あら、ごめんなさいね、気を遣わせちゃって」

「あ、アタシも、ほら石鹼《せっけん》、LUXの。それから進駐軍の缶詰くすねてきたわ。コーンドビーフとか」

「旨《うま》そうじゃねぇかおい」

「煙草《たばこ》も仕入れてきましたよぉ。それからこれはねぇ、かずみちゃんにHERSHEY'SのチョコにOREOのクッキー」

「ありがと十郎さん！」

一気に家の中に活気が戻りました。自然と皆の顔もほころびます。

「おぉ、チーズもあるのかよ。おいサチ！　ちょっとこれを出してくれねぇか。冷や酒にチーズってのもまたおつなもんだよな」

「もう飲むんですか？」

「いいじゃねぇかまだ三が日なんだからよ。それに全員が揃ってまだ正月めいたことしてねぇじゃねぇか」

「お母さん、どうしましょう」

「そうねぇ、でも軽くですよ。すぐに晩ご飯の時間になるんですから」

お節料理を作ることもなかなかままならなかったのですが、黒豆やなますや煮しめはまだ残っています。お母さんとマリアさんと三人であれこれと支度して、居間の座卓に運びます。

「あら、かずみちゃんは？」

「あぁ、今、畳屋のおけいちゃんが来て、遊びに行ったぜ」

「そうですか」

お向かいの畳屋の常本《つねもと》さんのお宅には、かずみちゃんより一つ下の女の子、おけいちゃんが居ます。とても仲の良い二人ですから、さっそくお土産《みやげ》のチョコを持っていったんでしょう。

元日の朝に降り積もった雪は、午後にはすっかり融《と》けてしまいました。そのまま今日まで天気のいい日が続いていますので、道路もすっかり乾いています。

「東京駅はまだまだひどい有様でしたねぇ。天井には大穴が開いているし」

「とりあえず動かすことだけで精一杯なんだろう」

今年いっぱいは、どこもかしこもまだまだ大変だろうとお父様は言います。その反面、多くの建物がどんどん直されて整備されていきますから、忙しいところはものすごく忙しいのだとか。

「嫌な感じで力を伸ばしている連中も増えてきましたねぇ」

勘一さんは冷やでいいと言いましたが、この寒いのになんですから燗《かん》をつけました。十郎さんが、お猪口《ちょこ》を傾けながらそう言って、それにジョーさんも頷きます。

「そうそう。半年前は影も形もなかったような奴《やっ》らが、どんどんのさばってきてるんだ」

「そうそう。アタシもそういう話を聞いたけど、なんだかバランスが崩れてきてるって感じよねぇ」

マリアさんもそう言います。

「国が新しく生まれ変わっているんだ。そういう風にもなるだろうね」

お父様も少し顔を顰《しか》めて頷きました。わたしにはまったく判《わか》らないのですが、所謂《いわゆる》、お父様たちが言うところの〈裏の世界〉の経済のお話なのでしょう。裏と言っても結局は表と繋《つな》がっています。表裏一体の言葉の通りに、日本という国が表向きどんどん変わっていくのにつれて、そういう裏の方の事情も変わっていくんだと思います。

「そういう情報は入ってくるんだけど」

ジョーさんがわたしを見ました。何でしょう。

「何か？」

「サチさん、申し訳ない」

ジョーさんが頭をぺこんと下げました。

「何ですか？」

「年が変わっても、ご両親の居場所は、相変わらず見当もつかない」

マリアさんも十郎さんも頷き、それから同じように頭を下げました。

「そんな、謝らないでください」

どうしようもないことです。慎重にならざるを得ないとお父様は言いました。わたしたちがここに集って三ヶ月あまり、ジョーさんも十郎さんもマリアさんも、もちろんお父様も色々と調べてくださってはいるのですが、何も判ってこないんです。

「でも、大丈夫です。きっと生きていますから」

そう信じています。だから、二度とそんな風に謝らないでくださいねと念を押しました。

「サチさんを眼の前にして言うのもあれだが、焦らないで、じっくり行こう」

お父様です。

「こう何ヶ月も情報が集まらないというのは、向こうも大っぴらに動けていないという事だ。〈箱〉の中身の重大さを知るのはほんのわずかな人間。裏の事情に詳しい連中にとってもただの信憑性《しんぴょうせい》のない噂《うわさ》に過ぎないという認識しかなく、静かなもんだ。下手《へた》に動いて刺激して藪蛇《やぶへび》になってはな」

「そうさな。慎重に、慎重に」

突然、ドンドンドン！　と音が響きました。閉めてあるお店側の入口を叩《たた》く音のようです。一瞬、皆さんの身体《からだ》が素早く動きましたが、お父様が手を上げてそれを制しました。

「慌てない」

お父様が立ち上がって店の方に向かいました。その後ろにジョーさんと十郎さんが続きました。勘一さんとマリアさんはわたしのすぐ傍《そば》に居ます。ややあって、十郎さんがひょいと顔を居間の方にのぞかせました。

「マリアさん、あんたの客だよぉ」

マリアさんが眼を丸くします。

「アタシの？」

マリアさんはわたしの手を握ったまま立ち上がって店の方へ向かったので、わたしもぴったりくっついたまま、行きました。

「あら」

マリアさんの顔を見て、頭を下げたのは、まるで、何というか海坊主のような男の方でした。きれいに剃《そ》り上げた頭に復員された軍人さんのようなボロボロの軍服です。何よりその恰幅《かっぷく》のいいこと。身長の高いジョーさんも見上げるような大男の方です。

「お久しぶりです」

正月早々に堂々と人様の家に上がれるような身分じゃないというその方に、お父様は正月休みの店先で話し込まれても変に思われるから中に入るように、と言いました。大きな身体を折り曲げるようにして居間に入ってこられたその方は、矢張《やは》り精一杯身体を小さくするようにして、マリアさんの向かい側に正座しました。

「目立たぬようにと、こんな格好ですいやせん」

「あんたはその図体なんだから何着たって目立つわよ。で？　あんたがわざわざ来るって事は？」

「へい」

名乗りも何もしませんし、ジョーさんも十郎さんも、お父様も訊《き》きません。ということは訊かない方がいいということなんでしょう。わたしも大分そういう事が判ってきました。

「実は今日はこれをお届けに上がったんで」

海坊主さんは、懐の中から一枚の紙を取りだして座卓の上に置き、マリアさんの方に滑らせました。手紙のようです。

「何？」

「旦那《だんな》からのものでして」

マリアさんの眼が細くなりました。

「何よ、改まって手紙なんか」

「あっしの口からは言えやせん。読んでいただければ。お返事は後ほどあっしに伝えてくだされば」

ふん、と鼻を鳴らしてマリアさんは手紙をそっと摘《つま》んで、また離します。

「それと、これはついでなんですがね、〈箱〉の件で」

「なによ」

へい、とその方はぎょろりと辺りを見回しました。

「もし何かあってからじゃあ遅いんで、そろそろあっしらもこの辺りにくっついた方がいいんじゃないかと」

「あんたたちが？」

お父様も勘一さんも、皆が顔を顰めました。

「むろん何かが動いていると摑《つか》んだわけじゃねぇんですがね。姐《ねえ》さんに頼まれて」

「姐さんはやめて」

「すいやせん。マリアお嬢さんに頼まれてそれとなく裏の連中の動向を摑むように心掛けてから数ヶ月。あっしらは何をちょろちょろ動いているんだと気にするような連中も少しばかり出て来たみてぇで」

「それは」

お父様が訊きました。

「そういう連中が何かを摑んだということかい？」

「いえ、そういう事じゃあござんせん。ご承知の通り、ああいう連中は儲《もう》け話にとことん鼻が利きやす。こちらにいらっしゃるような皆さんがこうして動いていれば、いずれ動く連中が出てきてしまうのではないかと思いやしてね」

「乱暴で何も考えないような連中が、手当たり次第に漁《あさ》ってしまえとやってくるかもしれない。そのために君がここに、ということか」

「そういうこって」

うむ、とお父様は腕を組みました。

「しかしねぇ」

十郎さんです。

「はっきりとサチさんと〈箱〉の存在を認識しているのはぁ、今のところ私たちと、その周りで動くごくわずかな人間だけというのは間違いないところだからねぇ」

「へい、むろん、こちらも〈箱〉が何なのかを知ってるのはあっしだけで。それはこの口が裂けても漏らしてやせん」

「私の方もそうですよぉ。知ってるのは私とあと一人だけです。GHQの一部の人間はサチさんが〈箱〉を持っているだろうとは認識してますが、ここにサチさんが居るとは判ってないし見つけるのは偶然に頼るしかないでしょう。だからぁ、あんたらが警護のためとはいえここいらをうろうろしちゃあ、かえってここに何かがあると宣伝してしまうようなものですねぇ」

「確かになぁ」

勘一さんも頷きます。

「ここいらのご近所さんにはサチが横浜から嫁にやってきたってことをしっかり言いふ

らしてもらったしな。向こう三軒両隣には訳ありだから何か変な野郎がやってきても誤《ご》魔化《まか》してくれって言い含めてる」

「水際は完璧《かんぺき》よね。アタシなんかもう何年も前からここに住んでるみたいにしてくれてるわよ」

本当にここいらは結束力が強くていいわぁとマリアさんが笑います。それは本当にそうなのです。ここに来てすぐにご近所の皆さんはわたしを受け入れてくれました。本当にお嫁さんに来たように、ご近所の四方山話《よもやまばなし》をあれこれと教えてくれて、わたしももう何年もここに居るかのような気持ちになっています。

海坊主さんは、がりがりと頭を掻《か》きました。

「難しいところですがね。あの家に住んでいた娘さんが何かを持ってどこかに行方をくらましている。それはかなり重要なもののようだという情報はもうどこにでも知れ渡ってるんで、それなりの覚悟は必要かと。いずれにせよ声を掛けていただければ、いつでもあっしらは動けるようにしておきますんで」

「判ったわ」

「姐さんにおかれましても」

「姐さんはやめてって」

「すいやせん。御身《おんみ》大切にと」

「判ったってば」

ではあっしはこれで、と海坊主さんはそそくさと帰っていきました。店を出ていくときにちょうどかずみちゃんがおけいちゃんを連れて帰ってきて、二人とも海坊主さんのあまりの大きさに眼を白黒させていました。

「おっきい人！」


かずみちゃんとおけいちゃんが二階の部屋に上がっていったところで、ジョーさんが訊きました。

「それで、なんだい。それは」

マリアさんは眉間《みけん》に皺《しわ》を寄せたまま手紙を読んでいたのですが、その表情を崩す事なく、小さく息を吐いて手紙を座卓の上に置きました。

「まぁごく私的な事でねぇ。皆さんにお伝えするようなものじゃないんだけどさ」

マリアさん、ぐるりと皆の顔を見回しました。

「ご心配掛けるのもあれだしね」

手紙を、つい、とお父様の方に向かって滑らせました。お父様が頷いてそれを受け取り読みはじめます。眉《まゆ》を少しく歪《ゆが》めました。

「なるほど」

それからマリアさんに、皆に伝えていいのかな？　と訊きました。

「どうぞ、でも自分で言った方がいいわね」

眼の前にあったお猪口のお酒をくいっと飲み干しましたが、それはジョーさんのだったような気がします。

「アタシのね、父親からの手紙」

「お父さんの、ですか」

思わず訊いてしまいました。マリアさんのご家族については、誰も何も聞かされていません。マリアさん、苦笑します。

「父親っていってもね、アタシは妾腹《めかけばら》なのよ。十郎さん」

「ほい」

十郎さん、突然名前を呼ばれて少し眼を見開きました。

「東北の方のさ、〈介山《かいざん》〉って男の名前、聞いた事あるでしょ」

「あぁ、そりゃあもちろんですねぇ〈東北の鬼神〉介山陣一郎《じんいちろう》でしょう」

大きく頷きます。

「その昔は鉱山なんかも抱えてねぇ、今でも土木関係とかあちらの方では何かと実力者ですねぇ。表の方でも裏の方でもぉ」

「あれがアタシの父親なのよ」

十郎さんもそれからお父様も驚いていました。ジョーさんはむろん知っていたのでしょう。小さく頷くだけでした。

「なるほど、それで了解できた」

お父様です。

「以前から、ただその魅力だけで屈強な男達が君の意のままに動くはずはないと思ってはいたが」

マリアさん、ニコッと笑って頷きます。

「魅力だけだったらアタシも鼻高々なんだけどね。アタシが動かせるのはその父親の息の掛かった連中よ。さっきの大男もさ、アタシが小さい頃から父親のところにいる男ってわけ」

「じゃあ、妾腹とはいってもよ、お父さんもいろいろ気にかけてはくれてるんだな?」

勘一さんが訊くとマリアさんは嫌そうな顔をしながらも頷きます。

「自分の良いように利用できるものはしてるだけよ。まぁアタシも同じようにしてるんだけどさ」

マリアさん、煙草を取って火を点《つ》けました。

「あいつはね、アタシの母親を囲うだけ囲っておいて、なーんにもしなかった男なのよ。母親が死んだときにだって顔ひとつ出しやしない」

唇が歪みました。

「文字通り、母親は小さな家に閉じこめられて、ただそれだけの暮らしだった。女としての喜びも人生を楽しむ事もなんにもできなかった。もちろんそこから逃げる事もかなわなかった。母親の人生はすべてあいつの欲に塗りつぶされただけ。母親が死んでもいまだにアタシがあいつに繋がってるのも、ある意味じゃ復讐《ふくしゅう》のためよ」

「復讐」

「無視したっていいんだけど、冗談じゃないわよね。母親の人生を目茶苦茶にされた代わりに、使えるものはなんだって使ってやるのよ」

そう言ってマリアさんは煙草を吹かし、けれども少しだけ俯《うつむ》きました。初めて、マリアさんの本当の心情を聞いたような気がしました。

「この手紙には、そのお父さんの病状が悪化してるので、一度来てほしいと書いてあるのだが」

「そうなのかよ」

「行くはずないじゃない」

マリアさんは吐き捨てるように言います。

「死ぬならどうぞご勝手にってね」

「でも」

お母さんです。

「私が口出しするようなことじゃないですけどね。こうして手紙を寄越すという事は、マリアちゃんに対する何かしらの思いがお父様にはあるんじゃないの？　そういうものを無視してしまうのは、果たしてどうなのかしら？」

お母さんの言葉に、マリアさんは唇を噛《か》んで、また少し俯き加減に煙草を吹かします。

確かに、わたしたちが何かを言える立場じゃありません。でも、お母さんの言うこともその通りだと思います。

「そうね。おかみさんの言う通りだけど、まぁどっちにしてもね。さっきの話じゃ今は微妙な事態になってきたみたいだし、正月も終わってまたぞろ色んなものが動き出すだろうし、ここを離れるわけにはいかないわよ」

マリアさんが、苦笑いしながら言いました。

「アタシはねぇ、何がどうあろうとサッちゃんを守るって決めたんだから」

皆が黙って聞いていました。特に事情を判っていたらしいジョーさんは何も言わずにいましたが、うん、と一言声を上げました。

「マリア」

「なによ」

ジョーさん、ほんの少し微笑みました。

「気持ちは判る。が、身内のごたごたにしても、どっちにせよサチさんにも関わってきそうな話なんだ」

「サッちゃんにも？」

そうだろう？　とジョーさんは手を拡《ひろ》げました。

「その親父《おやじ》さんが死んじまったら、周囲の力関係に変化が起こるという事だ。今までお前が自由に動かしていた親父さんの手駒《てごま》もどうなるか判ったもんじゃない。それはすなわちひょっとしたらお前はその身ひとつで、徒手空拳《としゅくうけん》でサチさんを守ることになってしまうかもしれない」

マリアさんが少しだけ頭を動かし、唇を尖《とが》らせました。

「まるっきり無視するんじゃなくて、ちょっとは考えておけよ。どうしたら一番いいのかをな」

ジョーさんに言われて、マリアさんはこくんと小さく頷きました。

＊

堀田家の庭にある蔵は書庫になってまして、そこにはお父様曰《いわ》く人類の叡知《えいち》が詰まっているんだそうです。わたしも何度も中に入って整理を手伝っていましたが、本当にたくさんの書物が集められています。これほどの蔵書が戦時中も当局に没収されなかったというのは、お祖父《じい》様である堀田達吉さんの影響力が本当に大きかったんだなと感心していました。

冬の間もまるきり火の気のない蔵ですが、寒いばかりでは本にもあまり良くないとのことです。火鉢を二つばかり持ち込んで、蔵の中の空気を暖めることもするんですけど、火の気が最も心配なものですから、その間は蔵の中で番をすることになります。

お店の方には勘一さんとお父様、それに貿易商でもあり、客あしらいということでは一番のジョーさんが揃いのチョッキを着て出る事が多くなっていました。わたしやマリアさん、それに十郎さんは交代要員です。こうして蔵の中を暖めるときには、三人で蔵の中に入って、それぞれに本を読んで過ごす時間が多くなっていました。もちろん、わたしとマリアさんはお母さんのお手伝いもしながらですし、わたしはかずみちゃんの勉強も、東京医専の学生さんでもある勘一さんやお父様と交代でみるようにしています。

日々の暮らしは楽しくも忙しく過ぎていっています。

「ねぇサッちゃん」

「はい」

中二階では十郎さんが座り込んで何かの本を読みふけっています。

「さっきの話の続きみたいだけどね」

「はい」

「妹が、遠くに居るって前に話したじゃない」

　そうでした。

「じいさんばあさんと一緒に暮らしているんだけど、うちの母親はね、アタシは手元に置いといたんだけど、妹はすぐに田舎《いなか》にやったの。妹が三歳のときだった」

「そうだったんですか」

「その後、何回かは、会ってるけどさ。アタシはこんな商売やってるし。じいさんばあさんもいい顔しないしね。まぁ妹もアタシみたいなのとは関わらない方が幸せになれるだろうし」

「そんな」

　今まで、お金だけは送っていたそうです。

「妹、名前、幸子《さちこ》っていうの」

「まぁ」

　それででしょうか。マリアさんはニコッと笑ってわたしの頰《ほお》をぺたぺたと軽く撫《な》でました。

「名前だけじゃなくてね、似てるのよ、その眼」

「眼、ですか」

　こくんと頷きました。

「きれいなものばっかりを見て、真《ま》っ直《す》ぐに育ってきたような眼。アタシが無くしちまった瞳《ひとみ》」

「そんなこと」

「幸子がね、いつか一緒に暮らしたいなんて言ってんのよ。時々手紙に書いてくるの。お嫁に行く前に一度でいいから、アタシと過ごしたいなんてさ」

マリアさんの瞳が潤んでいました。

「そんなことできっこないのにね」

淋しそうに笑って、マリアさんはまた本に眼を落としました。マリアさんは、わたしに妹さんを見ているんでしょう。一緒に暮らしたいけど暮らせない妹さん。わたしと一緒にここで暮らす事は、ひょっとしたらマリアさんにとってはとても大切なことになっているのかもしれません。

わたしには、何もできません。精一杯、マリアさんと一緒に楽しく毎日を生きるだけです。

晩ご飯の時刻になり、いつものように皆で揃って座卓を囲んでいました。いつも賑やかな食卓なのですが、ふと、話が途切れたときに、ジョーさんがお父様に言いました。

「それで、草平さん」

「うん」

ジョーさんはご飯を食べながら、明るく言いました。

「実は俺《おれ》もちょっとややこしい個人的な事情を抱えてしまったようなんですよ」

「うん？」

皆の手が一瞬止まりました。何でしょうか。ジョーさんは済まなそうに皆に向かって軽く頭を下げました。

「本当に偶然なんでね、さっき続けて話すのにはちょぃと、と思って、頭の中を整理する時間を取ったんですが」

「なんだよ水くせぇ、さっさと話せよ」

「そう急《せ》かすな。マリアの一件と同じようにね、俺のその個人的な事情も何だか今回のサチさんの事に関わってきそうな雰囲気になってきたんですよ」

「穏やかじゃねぇな」

勘一さんも身を乗り出しました。

「そういや、勘一には話したよな。俺のお袋はアメリカ人だって事だけは」

「おう。以前に聞いたな」

そうだったのですね。初めて知りました。混血の方だというのはもちろん見た目で判りますが。

「ざっくり話すと、俺の父親ってのはアメリカに留学した日本人でね。滞在中に俺の母親と、まぁこれは真剣に愛し合った結果らしいけどできちまって、ところが父親は俺の顔を見る前に流行病《はやりやまい》で死んじまった。それでお袋は日和《ひよ》っちまったのか、生まれた俺をぽいと捨ててとっととどこかへ行っちまったっていうのが、まぁ俺の出生の秘密なんですよ」

「ひでぇな」

勘一さんが言い、お母さんも眉を顰《ひそ》めました。そんな母親もいるのでしょうか。

「で、まぁその後は施設で育ったりなんだりして、ブアイソーにある意味じゃ拾われてこうして日本にやってきていろいろやってるわけですがね」

ここでジョーさんはお父様の方を見ました。

「どうも、その俺を捨てた母親の消息がなんとなく見えてきたというか。まだ確証は摑めていないんですが」

「ほぉ」

「それが、日本に来ているらしいんですね」

「そりゃあ」

勘一さんが箸《はし》を振り上げました。

「え？　おめぇにとっては良い情報なのか？　嫌な情報なのか？」

「それがどっちに転ぶかわからないって感じでね。GHQの幹部の奥方として滞在中だとか」

「なんとまぁ」

お父様も、もちろん皆も驚きました。

「もちろん、情報が間違ってる可能性もあるので、これから少し探りを入れようかとは思うんですが、探ってみて吉と出るか凶と出るか。どっちにしても俺のやる事は変わらないんですが」

うん、とお父様が頷きました。

「全てが、良い方に転んでくれれば助かるね」

「あの」

それは確かにそうなんですけど、勘一さんも気にしているようですが、わたしも気になります。

「もし、それが本当にお母様だとしたら、ジョーさんは」

どうするつもりなのでしょう。ジョーさんは、ニコッと微笑みました。

「尻の青いガキじゃあるまいしね、もうこの年で、自分を捨てた母親への恨みつらみをどうこうしようなんて気はありませんよ。ま、本当にそうだったら嫌味のひとつぐらいは言い捨てておこうかなとは思いますけどね」

うむ、と勘一さんが頷きました。

「で、さっきは聞き逃したけどよ。ひょっとして吉と出る場合もあるってことは、そのお母さんかもしれねぇ人の旦那ってのが幹部ってことは」

「そうなんだ。お前もだんだん頭が回るようになってきたな」

「うるせぇよ」

「情報部なのさ。しかも俺たちにはなかなか調べがつかない、GHQ参謀第二部のね」

「なんとぉ」

十郎さんです。

「それが本当だったら、好都合ですねぇ」

マリアさんも頷きます。かずみちゃんもこういう話を聞いているのですが、どこまで判っているのか。子供の前でするような話ではないかもしれませんが、家族の一員としてちゃんと事情を知っておいた方がいいというお父様の判断です。何より、かずみちゃんはとても頭の良い子ですし、家族を全て自分の眼の前で亡くしてしまった子です。この新しい家族の中で、彼女だけが仲間外れになるという状況を作りたくはないと。

「やっぱりさぁ、新年だね」

ずっときょろきょろしながら話を聞いていたかずみちゃんが言いました。

「なんだ？　新年がどしたって？」

「色んなものが動き出すのが、新年でしょ？」

皆の顔が綻《ほころ》びました。

「ちげぇねぇな」

「その通りだ、かずみちゃん」

「良い方に動く事を祈りましょう」

何があっても、希望を失わないように。お父様は、よくそう言っています。この新しい年も、そういう気持ちを持ち続けたいです。

二

お正月気分の一月が過ぎ、二月も終わろうとしています。人間宣言をした天皇陛下が戦後初の巡幸《じゅんこう》をされたり、女子の大学入学が公に認められたりと、世の中がどんどん動き、変わっていくような気がします。いえ、実際に変わっているのでしょう。

先日はラジオをつけると英会話の勉強をする放送が流れてきました。中々人気があるようで、ちょっと訛《なま》りがあるような気がしますが、『Come Come Everybody～』という歌をご近所の皆さんも覚えて歌っています。

「何とも、隔世の感だね」

お父様が苦笑いしていました。あれほど英語を敵性語と言って排除してきたものがあっという間にこの調子です。もちろんこういう事がなくても普通に生活している方々は、町に溢《あふ》れているアメリカ人の方々と会話をするために、自分たちで英語を覚えようとしています。

実はかずみちゃんも例外ではありません。元々お父様や勘一さんに英語を習ってはいましたが、ジョーさんやマリアさん、十郎さんにわたしと、英語を解する人間がこれだけ増えたので、日常会話にも英語を使って、勉強というよりは遊んでいます。

『奥さま、今日はとても良い天気ではありませんね？』

『お嬢様、それを言うならとても良い天気ですね、でございますよ』

午前の十時半。マリアさんとかずみちゃんが、店先を掃除しながら可笑《おか》しそうに笑って話をしています。

お父様とお母さんは、横浜のお母さんのご実家のお祖母様《ばあさま》の具合が悪いそうで昨夜から様子を見に帰っていました。勘一さんが代わりに店番で帳場に座り、わたしも揃いのチョッキを着てお手伝いしています。ジョーさんも十郎さんもそれぞれの用事で出掛けています。

蔵書は蔵の中にたくさんありますが、お店の棚を埋めるほどに並べるのはまだもう少し先にするそうです。売る為《ため》の古本と、貸本の比率は半々といったところでしょうか。

古本は高いものなら何千円の値をつけたいものもあるのですが、時節柄そういうものは出しません。下手に出してしまうと、善人でさえつい盗んで売って生活の足しにしたいと思わせてしまうからだそうです。ですから高くてもせいぜいが五十円。中には五銭のものも並んでいます。お客さんも、近所の人たちも含めて少しずつ増えてきています。

ＧＨＱの検閲はまだまだ厳しく、話に聞くところによると放送局に検閲局があり、そこではたくさんのものに厳しい審査があるそうです。

「出版も相当増えてるがなぁ」

勘一さんがここ数ヶ月の間に世に出回ってきた雑誌を何冊も文机《ふづくえ》の上に積んでぱらぱらとめくっていました。出たばかりの『文藝春秋』に眼を留め、出来の良いのも悪いのも玉石混淆《ぎょくせきこんこう》などとぶつぶつ言っています。

「そうだ、サチ」

「はい」

「そこに積んである絵本な、今度〈貧困同胞奉仕活動隊〉の子供たちが来たら、渡すやつだからよ。子供が持ちやすいように小分けにして縛っといてくれねぇか」

「判りました」

国民学校の子供たちが、募金箱を持って街頭でそういう活動をしています。お金だけではなく、米ひと掴み、芋一本、絵本一冊、なんでもいいのです。親を失った戦災遺児や孤児に送ってあげようというものです。

眼を欺く為とはいえ、一緒に暮らし始めて四ヶ月が過ぎ、わたしはすっかり勘一さんの妻としての生活に馴染《なじ》んできました。祐円さんをはじめ、ご近所の皆さんとのお付き合いにも戸惑う事はなく、生まれた時からずっとここに居るような感じさえします。

どうしてあのお父様やお母さんから、こういう性格のお子さんが生まれたのかと思うぐらい、がらっぱちで愛想も悪い勘一さんです。それでもその心根の優しさや真っ直ぐ過ぎるぐらいの性格に、わたしはこの生活がずっと続いてもいいと思い始めていました。

確かに、華族の娘として暮らしてきたあの生活からするとかなり環境は変わってしまっていますが、矢張りわたしは〈動ぜずのサッちゃん〉なんでしょう。動じないどころか、毎日が楽しくて仕方ないんです。

もちろん、そんな事をわたしの口からは言えないんですけど。

「勘一さん」

「うん？」

「学校にはお戻りにならないんですか？」

「あぁ、まぁなぁ」

こうして二人で居る時の会話も、ごく自然に出来ますし、空気が身体に馴染んでいます。

「元々勉強ってのは、あんまり好きじゃねぇしなぁ。親父の口癖じゃねぇが、こうして本を読んでよ、社会に出た方がよっぽど勉強になるって思っちまうしな」

医学の道に入った勘一さんですが、それもたまたまだったそうです。

「手に職を付けた方が良いかと思ったんだけどな。どうにも細けぇ事に嫌気が差しちまうしな」

にっこりと笑います。五分刈りにした髪の毛も大分伸びて落ち着いてきました。柔らかいお父様のそれとは違って、勘一さんの毛は硬いんです。

「ま、このまま三代目に納まるのもいいんじゃねぇかってな」

海軍に入った勘一さんですが、胸の患《わずら》いで戻ってきました。もちろん今はすっかり良くなっていて健康そのものです。お父様が言うのには、面倒臭くなって、胸の患いを装って戻ってきたんじゃないかと笑っていました。何でも、こう見えてそういう事を画策するのは小さい頃からお手の物だったそうです。嘘《うそ》を画策というのは正直感心しませんけど、勘一さんのしそうなことだと考えると、何だか可笑しくなり微笑ましいような気もします。

「ついでに縁側と玄関と庭の方もやっちゃうわねー」

「わねー」

ぱたぱたと楽しそうにしながら、マリアさんとかずみちゃんが店の中を駆け抜けて、居間を通り過ぎました。親子程の年の差がある二人ですけど、まるで姉妹のようにいつもはしゃいでいます。シンガーであるマリアさんはよく鼻歌を歌っているのですが、かずみちゃんも実は歌がとても上手なんです。二人で歌いながら掃除をしたりするのを、ご近所の方も楽しくていいわ、と喜んでいます。

平和に、平和に時が過ぎていました。

GHQや、想像もつかないような人たちがわたしを探したり、〈箱〉を奪おうとしているという話が嘘のように平和です。

でも、判っています。この平和はたくさんの方々の手によって保たれている平和なのだと。実際、アメリカ兵が通訳を連れてこの辺りを回った事もありました。見慣れない若い女が居るような家はないか、と訊かれたご近所さんもあったそうです。誰もが判りませんねぇと答えたそうです。しらみつぶしという訳ではなかったようで我が家には回ってきませんでしたが。

詳しくは教えてくれませんが、お父様の友人だというブアイソーさんも、攪乱《かくらん》のためにわたしは既に海外に渡ったなどという噂を流してもいるそうです。

この平和は、わたしの与《あず》り知らぬところで、皆さんの努力で成り立っているのにわたしは何も出来ません。出来る事は、その心苦しさを顔に出さず、明るく楽しく毎日を過ごし、皆さんが快適に暮らせるように勘一さんの妻として、堀田家の嫁としての務めを果たすのみです。

「よし、おわり」

「おわりー」

わたしがお茶をいれようと居間に上がると、マリアさんとかずみちゃんも庭から入ってきました。ぽんぽん、と手を叩き、座卓のところに座ろうとした時です。

かたり、と裏の木戸の音がしました。わたしが振り返るのと同時に、座ったはずのマリアさんの背中がすうっ、とわたしの前に立ちはだかりました。

「下がって」

低く、マリアさんが言いました。その背中に緊張感が漲《みなぎ》っています。言われた通り、お店の方に下がりながら庭の方を見ると、目深《まぶか》に帽子を被《かぶ》った復員兵の格好をした方がそこに立っています。その後ろにはもんぺ姿で頭巾《ずきん》を被った女性の姿もあります。我が家の木戸を今まさに開けようとしたところで、わたしの後ろで勘一さんが動いた気配がしました。

「どなたかしら?」

「誰でぇ」

「ごめんください」

マリアさんと勘一さんと復員兵の方の声が同時に庭に響きました。復員兵の方が顔を上げます。

その瞬間、マリアさんが、息を呑《の》むのが判りました。

「あんた」

復員兵の後ろの若い女性が、前に走ってきて頭巾を取りました。年の頃はわたしと同じか少し下でしょうか。おかっぱ頭の眼がくりっとした可愛らしい方です。

「お姉ちゃん？」

それを聞いたマリアさんが口に手を当てました。驚きに眼が見開かれ、それから急に力が抜けたようにその場でしゃがみ込んでしまいます。わたしは慌ててその肩を支えましたが、マリアさんは、少し震えています。

その綺麗《きれい》な瞳が、潤んでいます。

「幸子」

幸子。あの、マリアさんの妹さんの幸子さんですか？

「幸子なの？」

「お姉ちゃん！」

幸子さんが駆け寄ります。マリアさんはつっかけも履かずに縁側から庭に降りました。走り込んできた幸子さんの身体をマリアさんは抱きしめます。

「あんた、どうして」

会いたかった、会いたかったと幸子さんの声が涙と一緒になってマリアさんの胸の辺りでくぐもって響いています。

マリアさんが、口元を引き締め、顔を天に向かって上げました。流れ落ちる涙を堪《こら》えるように、あぁ、と息を吐きました。わたしとかずみちゃんはただそれを見つめながら、でも、やっぱり唇を引き締めてしまいました。目尻をそっと押さえました。

わたしの後ろで、勘一さんがああちくしょう、と言いながら、涙を拭《ふ》いているのが判りました。

＊

「突然お邪魔して、申し訳ねぇのっす」

「いいえ、遠いところをお疲れさまでした」

お父様が、座卓で復員兵の姿をした、マリアさんのお父さんと向かい合います。幸子さんは、介山さんの隣に座り、マリアさんはその向かいに座りました。介山さんの服装は人目を忍ぶためだそうです。そして、どうやらお付きの方も大勢居るようですが、皆さんはどこかに潜んでいらっしゃるとか。

「改めて、介山陣一郎と申します」

「堀田草平です。介山さんのお噂はかねがね」

いやいやぁ、と介山さんはしわくちゃの顔を綻ばせました。

「三宮の達吉さんの息子さんに会えるとは思ってもみねがったもんでね。冥途《めいど》のいい土産さできました」

お話では、まだ三宮の名の頃に何度かお仕事の関係で会った事があるそうです。病に臥《ふ》せっている、会いに来てほしいという手紙がありました。それからマリアさんは返信はしたようですが、岩手のお宅に向かう事はしませんでした。介山さんは、口調こそしごくお元気ですが、身体はまるで骸骨《がいこつ》のように痩《や》せ細っています。背丈こそ勘一さんと同じぐらい大きいのですが、耳を隠す程の長い白髪が余計に身体の細さを強調するようです。

東北の方で興隆を誇ったという話は聞きましたが、こうしてお会いすると、何かそういう威圧感のようなものは何も感じません。品の良い田舎のおじいちゃんのような気がします。

「お身体の具合が悪いという事でしたが、長旅は大丈夫でしたか」

介山さん、軽く手を振りました。

「どうせもう長くねぇんで、何したっておんなじことでさぁ。んだども」

言葉を切って、マリアさんを見ました。それから、お父様に失礼、と言ってから座布団から降り、マリアさんに向かって頭を下げます。お父様が眼を丸くしました。マリアさんも面食らっています。

「路子《みちこ》」

路子さん。それが本名なんですね。マリアさん、言葉が出てきません。

「知っての通り、もう長くね。老骨に鞭打《むちう》って、幸子さ連れて出て来だのは、おめさに謝るためにだ」

マリアさん、何かを言おうと口を開きましたが、出てきません。一拍置いて、言いました。

「マリアって呼んでちょうだい」

幸子さんが口を開きました。

「お姉ちゃん」

「なぁに」

「私が、言ったの。お姉ちゃんに会いたいって。もうこれで最後になるのなら、三人で会いたいって」

幸子さんは、やはり介山さんからお手紙を貰《もら》い、会いに行ったそうです。介山さんの最後の願いを叶《かな》えるためにしばらくお家の方で暮らしていたとか。マリアさんが来るかと待っていたそうです。

「お姉ちゃんがお父さんを恨んでいるのは知ってる。私だって、何となく判る。でもね」

「幸子」

介山さんがそれを遮りました。

「ええんだ」

「でも」

「マリア」

介山さんが、背筋を伸ばしました。

「おめさがおれを恨んでるのは判る。おめさが幸子に会えないようになっちまったのも全部おれのせいだっていうのも、そんだろうと思う。だから、言い訳なんかしねぇ。ただな、死ぬ前によ。ひとつだけ、いんや二つだけ、罪滅ぼしさせてもらえねぇがとおもでな」

「罪滅ぼし？」

二つ、とは何でしょう。その場に居た皆が首を傾《かし》げました。マリアさんに向かっていた介山さんが、お父様に向き直りました。にやりと笑いました。その途端、何か介山さんの身体を覆っていた弱々しい空気ががらりと変わりました。何か、迫力が漲っています。

「堀田さん」

「はい」

「お願いと、ご提案がひとつずつあります」

「なんでしょうか」

介山さんが、マリアさんと幸子さんを見ました。

「誰に似たのかマリアはこの通り強情っぱりです。家に来て幸子と暮らしてくれと言っても無駄でした。ならば、ここで二、三日滞在させてもらって、二人に姉妹として過ごす時間を与えてやっていただけませんか」

「あぁ」

そりゃあもう、とお父様が笑顔を見せました。

「狭いところですが、二、三日と言わずに何日でもご滞在ください。歓迎しますよ」

「ありがとうございます」

介山さんが頭を下げました。

「そしてもうひとつ。こちらにごやっかいになる事が、そのままご提案にも繋がるのですが」

「と言うと？」

「私のところの者をご存知ですね？　やたらとでかい男です」

お父様が頷きました。あの、海坊主のような方でしょう。それにしても介山さん、口調も雰囲気も変わりました。これが東北一円を取り仕切った程の方の持つ威圧感なのでしょうか。

「あいつから事情を無理に聞き出しました。マリアのために何か動いているのなら教えてくれと頼んだのです。死ぬ前に、マリアに何かひとつでもしてやりたいと」

お許しくださいと頭を下げます。お父様がとんでもないと手を振りました。

「そして、この幸子もまた、今まで世話になりながら何の恩返しもしていない姉に、何かしてやりたいとずっと考えていたのです。この間からしばらく一緒に暮らし、話し合い、二人で思惑が一致しました。それで、こうしてやってきたのです」

お父様が首を傾げました。介山さんが微笑みます。

「三宮さんの忘れ形見、父以上に才気煥発《さいきかんぱつ》との誉《ほま》れ高かった草平くんならば、これだけでお判りいただけると思いますが」

それは、どういう謎掛《なぞか》けでしょう。マリアさんもお父様も眉間に皺を寄せました。お店の方で聞き耳を立てている勘一さんも腕組みして天井を見上げました。

「まさか」

お父様が、眼を見開きました。

「いやそんな事を」

お父様が言うと、介山さんが幸子さんを見やって頷きました。

「お宅のサチさんと、この幸子。マリアが守りたいと思った人の名前が同じだったのも天の配剤だったのではないかと思います。もちろん、幸子の覚悟はすっかり出来ています」

「それは、お受けできません。何よりこのサチが許さないでしょう。自分の身代わりに幸子さんを立てるなどと」

「え？」

「なに？」

マリアさんと勘一さんの声が同時に響きました。わたしは声も出ずただ眼を見開くばかりでした。

わたしの、身代わり？

「それって」

勘一さんです。

「あれかい。幸子さんはしばらくこっちに滞在して、適当な頃合いを見計らってあんたが岩手に連れて一緒に帰る。その時はあれだ。来た時みたいに人目なんか忍ばずに大名行列で堂々とってことかい！」

介山さん、居間に飛び込んで来た勘一さんを見て微笑みます。

「草平くんの一人息子ですな。さすが頭の回転も早い」

それから、わたしの方を見て言いました。

「五条辻家のご令嬢、咲智子さんを、〈東北の鬼神〉この介山陣一郎が〈箱〉と共に手に入れた、と、裏の世界に噂を流します」

そんな。

「むろん、所詮《しょせん》は噂話。いずれは嘘だと発覚するでしょうが、少なくとも草平くんたちがこの状況を打開し、あなたのご両親を救い出すまでぐらいの時間は稼げるでしょう」

そして、と、マリアさんを見ます。

「我が家に暮らす以上、たとえ帝都に蔓延《はびこ》るチンピラどもが大挙して、あるいはアメリカ軍の一個師団がやってこようとも、撃退する程の力がこの老いぼれにあることは承知だろう。この幸子に、毛筋程の傷も与える事はない。約束する」

マリアさんは、何も言わずに聞いていました。じっと介山さんを見据え、そして幸子さんと見つめ合います。

介山さんの身体が、ゆらりと揺れました。また、気配が変わります。

「そでが、おめさへの罪滅ぼし、幸子からの恩返しだ。サチさんと〈箱〉を守り切ると決めたおめさの後押しを、おれにさせてくれ」

そう言って、深々と頭を下げました。同じように、幸子さんも手を突きました。

「馬鹿、野郎」

小さく声が、響きました。介山さんと幸子さんが頭を上げます。マリアさんです。マリアさんの、震える唇から、声が漏れます。

「馬鹿野郎だよ。今更、あんたに、謝られた、って」

声が出ません。震えています。涙を堪えています。

「幸子も、なに、言ってんのさ。あんたが、アタシを、助けよう、なんて」

十年早いよ。そう言って、マリアさんは微笑みました。ぽろぽろぽろぽろ、涙が落ちてきました。幸子さんが立ち上がってマリアさんにしがみつきます。

「お姉ちゃん」

「馬鹿だね、それじゃ、本末転倒じゃないか、アタシが、馬鹿じゃないか」

馬鹿だね、と繰り返して、マリアさんは幸子さんを抱きしめました。


「そうですかぁ。そんな事にねぇ」

夜遅くになって帰って来たジョーさんと十郎さんは、座卓につく見知らぬ幸子さんはともかく、噂にしか聞いていなかった〈東北の鬼神〉介山さんが上で寝ていると聞いて、本当に驚いていました。

「幸子ちゃん、あんまりマリアに似ていないね」

「私は、おばあちゃんに似たみたいで」

落ち着くと幸子さんはとても活発な女の子でした。年は私より二つ下。でも、とてもしっかりしています。

「二、三日になると思いますけど、よろしくお願いします」

「いやぁ、こちらこそですねぇ」

十郎さんが嬉《うれ》しそうに続けました。

「なんですかぁ、女の子が増えて華やかでいいですねぇ」

ジョーさんが苦笑いしました。

「十郎さん」

「なんですぅ」

「最近判ってきたけどさ」

「はいはい」

「あんた、そんな渋い顔して意外と軟派だよね」

皆が笑いました。わたしが言うのもなんですけど、また賑やかになりました。成り行きはどうであれ、幸子さんが居る間は思い切りマリアさんに甘えさせてあげようと考えていました。

三

日々があっという間に過ぎていきます。

三月になり、庭の桜が咲き出したのをきっかけにして、介山さんと幸子さんが、岩手に帰っていきました。企て通りに、夜中に我が家を離れて宿に入り、そこから大勢で列を為《な》し、わざと目立つようにです。

幸子さんは、わたしがあの日に家から持ってきた服を着ていきました。隠してはいましたが、心苦しさが顔に出てしまっていたのでしょう。わたしに、「絶対大丈夫だから」と微笑んで言って、去って行きました。

マリアさんも、わたしの肩を抱いて言いました。

「本当よ。大丈夫」

介山さんのお宅には、あの海坊主さんより偉丈夫な方々が大勢居るそうです。何があろうと絶対に大丈夫と微笑んでくれました。

後日、ブアイソーさんからの伝言を持ってきたジョーさんが言いました。五条辻咲智子は介山の元にいるという噂は、確かにあちこちに伝わっていると。しばらくの間は心置きなく平穏無事に過ごせるだろうと。GHQ内部で密《ひそ》かに動いていた向きも、まるで静かになってしまったと。

ただしそれは、父や母がいったいどうなってしまったのかも探れない、というのと同義語でした。動きがないことには、探りようがないのです。

それでも、堀田サチとしての日常は続いていきました。

お父様とお母さんが、鎌倉《かまくら》の知人のお葬式に顔を出す事になりました。どうせならばと三日程掛けて骨休めする予定です。介山さんと幸子さんも居なくなり、家の中が急にがらんとしてしまった感じです。

朝ご飯が終わり、わたしとかずみちゃんで後片付け。マリアさんと勘一さんがお店の方に立ち、ジョーさんは貿易のお仕事で横浜に出かけ、十郎さんは少し探りを入れてくると出かけていきました。

「ねぇサチお姉ちゃん」

お茶碗を拭きながらかずみちゃんが言いました。

「なぁに」

「マリアちゃんとジョーちゃんって、恋人同士かなぁ」

びっくりです。わたしは思わず眼を見開いてしまいました。

「どうしてそんな事を？」

かずみちゃん、ニコッとわたしを見上げて笑います。

「こないだね」

「うん」

「マリアちゃんが泣いていたのを、ジョーちゃんが慰めていたの」

夜中のことだそうです。用を足しに降りたかずみちゃんは、庭の蔵の入口の階段に、並んで腰掛けている二人を見たとか。涙を流しているマリアさんの肩を優しく叩き、ジョーさんは何かを話していたそうです。

「だから、そうなのかなぁって」

「そんなこと、あったの」

あの二人のことですから、庭に居たということは我が家の誰かに見られても何ともないことではあったんでしょう。それにしても、マリアさんが人前で泣いていたというのは驚きです。そんな風な女性ではないと思っていたんですけど、何があったんでしょう。

「幼馴染みみたいなものって言ってたから、仲が良いんでしょうね」

「うん」

「でも、そのこと勘一さんに言っちゃ駄目よ」

「判ってる。勘一、頭固いもんね」

二人でふふっと笑いました。かずみちゃんは本当に天真爛漫《てんしんらんまん》で、それでいて頭の良い子です。将来はきっと優しく立派な女医さんになるに違いありません。

りんりん、とお店の方で扉が開く音がしました。誰かお客さんでしょうか。勘一さんのいらっしゃい、という声が響きます。

「お茶、持っていきましょうか」

「うん」

勘一さんに淹《い》れるお茶と、お客様用にもひとつ湯呑《ゆの》み茶碗を用意しました。ひょっとしたら顔馴染みの方かもしれません。

「かずみちゃん、マリアさん呼んでくれる？　わたしたちもお茶にしましょう」

はーいと返事をしてかずみちゃんはマリアさんを呼びに行きます。わたしがお盆を持ってお店に行くと、そこには洋装の女性がお一人、帳場の前に立っていました。マリアさんと同じようにどことなく日本人離れしたお顔立ちです。

「いらっしゃいませ」

ロングコートは上等なものだと一目で判りますし、パーマを当てた髪形はおそらく流行のものなんでしょう。正直古本屋には似合わないような女性です。もちろん見慣れぬ方だったのですが、どこかでお見掛けしたような気もします。

「何かお探しですかね？」

勘一さんが訝《いぶか》しげな顔をして訊きました。どうやら今さっき、こうして勘一さんの前に立ったようですね。女性の方は涼しげな瞳でわたしと勘一さんの両方を見遣《みや》ると、赤い口紅の輝く口を開きました。

「ここは、〈東京バンドワゴン〉という古本屋ね」

一瞬、勘一さんの眉がぴくりと動きました。おそらく女性でなければ「看板見て入ってきたんじゃねぇのか」なんて言ったんでしょう。でも、どんな場合でも女性には優しい勘一さんです。にっこりと笑って言いました。

「そうですが」

女性の方は、なんだか少し緊張しているようにわたしは感じました。

「こちらに、高崎ジョーという混血の男性が居ると聞いてきたのですが」

勘一さんと二人で顔を見合わせました。ジョーさんのお客さんなんでしょうか。

「確かに居ますがね。今はちょいと留守にしてますが」

そう、と小さく呟《つぶや》きます。ほっ、という溜息《ためいき》を隠したようにも思えました。気のせいでしょうか。後ろの方でかさこそ音がしています。きっとかずみちゃんとマリアさんが様子を見ているのでしょう。

「あなた、まだお若いけどご主人？」

つっけんどんな口調で言います。勘一さんはますますムッとしているんでしょうけど、抑えてますね。良い事です。

「主《あるじ》の息子でしてね。まぁ二十年も経ちゃあここの主に納まっていると思いますよ」

二十年ならお父様は七十代です。長生きしてもらわないと困ります。女性は、こくんと頷き、ハンドバッグを持ち上げました。その時に、後ろの方から音もなく、すっ、とマリアさんが出てきてお店に降りました。一礼してさりげなく女性の横の方の本棚に手を伸ばしましたが、視線は女性の手にいってます。

もう慣れましたが、警戒しているのです。

わたしにはまだ経験がないので判りませんが、いつ何時拳銃《けんじゅう》で狙われるか判らないということなんです。おそらく、もし、女性のハンドバッグから拳銃が出されたなら、マリアさんは素早い動きでそれを叩き落とすんでしょう。

マリアさんは、そういう事も出来る女性なんです。

ですが、ハンドバッグから出てきたのは封筒でした。マリアさんの肩が少しだけほっとしたように落ちました。

「これ、その高崎ジョーという人に渡しておいてくださる?」

封筒が、二つ。差し出されたそれを勘一さんは受け取りましたが、直ぐに眉を顰めました。一つは薄い手紙が入っているような感じですが、もう一つは随分と分厚い封筒です。勘一さんは重さを量るようにその封筒を二度三度上下させました。

「奥さん」

「なに」

ずいっ、と勘一さんが身を乗り出しました。

「お預かりするのは構いませんがね。お訊きしますが、こいつの中身はなんですかね」

「お伝えしなきゃ預かっていただけないの？」

「こいつは」

勘一さん、薄い方の封筒を手にします。

「ただのお手紙ってとこでしょうね。お預かりするのがこれだけならまぁ問題ないでしょう。あなたとジョーの関係は？　なんて野暮は言いませんや。でも」

厚い方の封筒をひょいと上に持ち上げます。

「こいつは、ちょいと穏やかじゃない中身じゃないですかね。どう考えても中にはずっしり金っていう紙切れが詰まってるようですが」

お金ですか。確かにそんなような大きさですが。もしそうならかなりの大金です。

「まぁあいつの商売柄たくさんの現金が動くのは理解できますがね、申し訳ねぇけど奥さん、ジョーが自分の商売の客をこの店に呼ぶとは思えねぇ」

「渡してもらうだけでいいのよ。変に勘ぐらないで」

少し強く女性は言いました。どこかでわたしは口を挟もうとは思ってましたが、まだ勘一さんに任せておくべきでしょうか。

「生憎《あいにく》とねぇ、こちとら真っ当な商売人なもんで、怪しげなものは扱えねぇんですよ。仮令《たとえ》預かるだけにしても、きちんと正体の判るもんでないと困るんです。身元をはっきりさせていただくか、お預かりするのは一体何なのか、どちらかを教えていただけませんかね？」

女性の方が、きっ、と勘一さんを睨《にら》みます。さっきから思っていたんですけどこの方、虚勢を張っている様に見えるんです。心なしか指先が震えている様にも思えるのですが、わたしの気のせいなんでしょうか。

「それでは、もう結構です」

文机の上の封筒を摑むと、女性は踵《きびす》を返して帰ろうとしました。

「待ってよ」

ぴくり、と身体が反応して女性が立ち止まります。声を掛けたのはマリアさんです。ゆっくりと歩いて、入口の扉を塞《ふさ》ぐようにして、女性の前に立ちました。

「あんた、ジョーの母親じゃないの？」

勘一さんが眼を剝《む》きました。わたしもびっくりして思わず口に手を当ててしまいました。そう言われた女性のお顔はもちろんこちらからは見えませんでしたが、明らかに動揺したように肩が、身体全体が動きました。

「マリアちゃん、そいつは」

勘一さんが訊きます。マリアさんが女性の顔を見ながらゆっくりと二歩わたしたちの方に歩を進めました。それに釣られるように、女性がまたわたしたちの方に向きなおります。

「ご覧よぉ、眼の辺りや口元なんか、そっくりじゃないかジョーに」

そう言われてみればそうです。さっき、どこかでお見掛けしたようにも思ったのはそのせいでしたか。

「だけどよ、あいつ、母親はアメリカ人だって」

「日系人ってことなんじゃないの？」

そういうことでしょうか。ジョーさんのあの鷲鼻《わしばな》は、ご家族のどなたかに似たんでしょうね。

黙っていた女性は、ふいに肩を落としました。

「そう、話していたのね」

ジョーさんがわたしたちに、という意味でしょう。どことなく硬い口調だったのは、慣れない日本語を使っていたせいでしょうか。

「だったら、話が早いわ。これをよろしくね」

今度こそ、預かってくれるわね、と文机の上に封筒を置きました。

「お察しの通りよ。でもね」

顔を上げました。

「二度とそういう事を口にしないでちょうだいね。高崎ジョーという男にもそう伝えておいて。そんな事を言い触らしても、立場が悪くなるのはそっちだからって」

きっ、と眦《まなじり》を決してわたしたちを睨みました。今度こそ帰ろうとしたときです。

「待ちな！」

勘一さんが、ばん！　と文机を叩きながら立ち上がりました。止めようとしたのですが、封筒を二つともびりびりと乱暴に開けました。

「何だぁ？　二度と周りをうろつくな？　これ以上探っても母子である証拠は何もない？　煩《うるさ》く付きまとうとどうなるか判らねぇだとぉ!?」

まぁ、そんな事が書いてあるのですか。もう一つの封筒からは矢張りたくさんのお金が覗《のぞ》いています。それも新発行された新券ですね。

「てめぇ！　脅しておいてしかも手切れ金ってわけかよ！」

勘一さんが帳場から飛び降りると、ジョーさんのお母様に摑みかからんばかりの勢いで顔を近づけました。

「勘一さん！」

わたしは思わず勘一さんの腕を摑みました。勘一さんが、ぐっ、と一度腕に力を込めて、止めました。

「心配いらねぇよサチ。痩せても枯れてもこの堀田勘一、女を殴るような拳《こぶし》は持たねぇんだ」

わたしに向かって頷きました。

「だがよぉ！　あんた！」

勢いよく指差しします。ジョーさんのお母様は右手を上げて、その指を払いました。

「止《や》めてちょうだい。むやみに人を指差すと敵を作りますよ」

「けっ！　アメ公の習慣かよ。知った事か。名前、何てぇんだ」

また一つ、大きく息を吐きました。

「野蛮人ね。ジョアンよ」

「ジョアンさんね。よーし」

勘一さん、ぐいっと腕まくりします。

『ミセス・ジョアン。おそらくは英語での会話の方が楽なのでしょうからどうぞ。慇懃《いんぎん》無礼《ぶれい》は百も承知で言わせていただきますが、あなたは、人の尊厳さえも踏みつぶすような真似《まね》をしているのを理解されていらっしゃいますか？』

ジョアンさん、眼を丸くしました。無理もありません。わたしもまだ勘一さんのこの豹変《ひょうへん》ぶりには慣れないのですから。勘一さんは、江戸っ子のがらっぱちな口調とこのまるで王室で使われるようなキングズ・イングリッシュをどう自分の中で承知しているのでしょうか。

『あなたがジョー君を捨てて去っていったのは事実。しかし色々な事情がおありだったのでしょう。そのような過去はもう言いますまい。捨てられはしたがジョー君は立派に成長して、ひとかどの男になって今この日本に居る。だとしたら、あなたがジョー君を捨てた事さえも神に定められた運命だったのかもしれない』

ジョアンさんはじっと勘一さんを見つめたままです。

『ジョー君は、私に言っていました。自分を捨てた母親に今更恨みつらみなどない。それどころか、元気で居て、生きていてくれたと判ったときには、心の底から喜んでいる自分がいた事に驚いたと』

まぁ、そうでしたか。

『調べてみれば、米軍関係者の奥方になっている。幸せな生活をしているらしい。しかも、この日本に来ているらしい。自分たちにとって、アメリカと日本の両方の血を持つ自分たちにとっては特別な国であるこの日本の、同じ土地で同じ空気を吸っていると思った時には、思った時には』

勘一さん、一度言葉を切りました。気のせいか、瞳が潤んでいるような気がします。

「あいつはなぁ！　あいつは、ちくしょう！」

もう一度、ジョアンさんを指差しました。

「そのときなぁ、飛び上がるほど嬉しかったって言ったんだぜ、おい！　自分を野良犬のように捨てた母親でもなぁ！　同じ日本で生きていると知ったときには嬉しくて、嬉しくて涙が出そうだったたってなぁ！」

その瞳から、涙が一滴こぼれました。ぐいっとそれを腕でぬぐいます。

「それを、それをよぉ！　何だてめぇはこんなもん持ってきやがって！　それでも、それでも人の親か！　母親か！　人の心ってもんを何だと思ってやがんだ！」

ばさりと、封筒が床に落ちました。いくらあるのか見当もつかない大金です。それを追って顔を下に向けたジョアンさんはそのまま少しの間動きませんでした。ややあって、そのまま、わたしたちを見ないでくるりと入口の方に向きなおりました。

わたしたちに背を向けて、言いました。

『英語がお上手ね勘一さん。高崎ジョーさんとやらも、いいお友達がたくさん居て嬉しいでしょう』

それだけ早口に言うと、足早に店を出ていきます。ずっと後ろの方で聞いていたかずみちゃんが店に駆け降りて、ジョアンさんの後を追おうとしましたが、マリアさんが抱き留めました。

「いいのよ、かずみ」

「いいの」

「だって」

「いいの」

ともう一度繰り返しました。かずみちゃんは、少し怒ったような顔をしています。

「だって、お母さんなんでしょ？　ジョーちゃんの。お母さんに会えないなんて」

その淋しさを一番よく判っているのはかずみちゃんでしょう。だから後を追って、このまま帰ってしまうのを止めようとしたのでしょう。

「これで、いいのよ」

「どうして？」

マリアさん、かずみちゃんから手を離して、ゆっくり立ち上がりました。壁の方を向いてしまっている勘一さんの方を向きました。

「勘一さぁ、判ってると思うけど、一応言うよ」

「なんでぇ」

マリアさんが微笑みました。

「あの人さ、全部判ってここに来たんだよね。あのジョーが調べていてまだはっきりと判らない事をさ。しかもジョーがうろついている事まで察してさ。それって、ものすごい危ないことなんだよね」

確かにそうです。ジョーさんは調べがついたらわたしたちに教えてくれるはずです。でも、まだはっきりと判らないと言っていました。

「どうやって知ったか判らないけど、あの人、伝えに来たんだよ。これ以上自分に近づくなって。ジョーの命を守るためにさ。向こうはどうやら察しているから、危ないってさ。自分の事も考えないでさ」

そうなんでしょう。GHQの幹部の方の奥さまがたった一人でこんなところまで来るのも、それはそれでとても危ない事だと思います。それなのに、やって来たのです。

「わたしもそう思います」

マリアさんに向かって頷きました。

「あの人、ずっと緊張していました。横柄な態度をしていましたけど、わざとだったと思います。指先がずっと震えていたように思いました」

「ふん」

勘一さんがこちらを向きました。そして、床に落ちたお金を拾い上げました。

「判ってるよ、んなこたぁ」

ふぅ、と大きな溜息をついて、お金を机の上に戻します。

「この金だってよ」

胸のポケットから煙草を取り出して、火を点けました。

「どうやって工面したんだか。いくら軍の幹部の奥方たって、これだけ揃えるのは容易なこっちゃねぇだろうさ」

「そうだね。そう思うよ」

「詫《わ》びのつもりなんだろうさ」

「お詫び、ですか」

勘一さん、ニコッと笑ってわたしを見ました。

「何もできねぇんだろうさ。これ以外はよ。てめぇの腹を痛めて産んだ子供に、捨てちまったけど、愛情はあったんだろうさ」

そうなんでしょうか。だから、せめてものという気持ちだったんですか。

「判ってたけどよ。せめてよぉ」

ふぅ、と大きく煙を吐き出して、お店の外に眼をやりました。

「ジョーの代わりによ、あれぐらいは言ってやんなきゃって思ってよ」

わたしがここに来た頃、この二人はなんて反りが合わないんだろうと思いましたが、すぐにそれは違うと判りました。

ジョーさんと勘一さんは、お互いにお互いが大好きなんです。ジョーさんは勘一さんの一本気なところを、勘一さんはジョーさんの優しい心根を、お互いに判っているんです。

マリアさんが、ふふっと笑いました。

「ジョーに聞かせたかったねぇ、勘一の啖呵《たんか》」

「うるせぇ」

勘一さんが仏頂面をします。

「一部始終、一言一句、ちゃんとジョーに伝えるからね」

勘一さんが眼を剝きました。

「頼むからよ、それだけはやめてくれ。かずみもサチも、いいな？　絶対に、絶対に言うなよ？」

勘一さんの必死な表情に、三人で大笑いしました。

＊

夜になって、お母さんから予定を早めて明日には戻るという電話が入りました。晩ご飯を勘一さんとわたしとマリアさんとかずみちゃんの四人で済ませても、まだ十郎さんとジョーさんは戻りません。

「遅《おせ》ぇなあの二人」

後片付けも済んで、座卓を四人で囲んでお茶を飲んでいました。

「男が俺一人だってのに、何やってんだか」

「大丈夫よ。そのためにネズミ仕込んでおいてるんだから」

「あ？　ネズミ？」

あら、そうなんですか。全然気づきませんでした。

「あいつがどっかに居るのか？」

マリアさんが微笑みました。

「ちゃあんと張り込んでるわよ。おかしな動きをする連中が近づいたら知らせてくるから大丈夫」

そうかい、と勘一さんが頷きます。

「それにつけても、か」

片付けた座卓の上に、封筒が二つ並んでいます。ジョーさんのお母さんが持ってきた封筒です。

「何よ」

「何よって、どう言って渡したもんだかと思ってよ」

マリアさんがふふっ、と笑いました。

「なんだかんだ言ってあんたたち仲良しよねぇ」

「うるせぇよ」

「大丈夫よあいつは」

小さく頷きながら、マリアさんは言います。

「素直にポンと渡せばいいのよ。これこれこういう事があったってね。俺がお前の代わりに一発かましといたから後腐れ無しだって」

「言えるかいそんなこと。いいか、絶対言うなよ！」

わたしとマリアさんとかずみちゃん、女三人でどうしようかなーと、勘一さんをからかっていると、玄関の鍵《かぎ》を開ける音がしました。

「只今《ただいま》帰りましたー」

かずみちゃんが、帰ってきた！　と笑顔で立ち上がって玄関へ走っていきました。今のは十郎さんの声でしたね。

「十郎おじさん！」

かずみちゃんです。喜んだ声ではありません。驚いた声です。勘一さんもマリアさんもわたしも顔を見合わせ立ち上がりました。

何があったのでしょうか。

玄関に駆け付けると、上がり框《がまち》のところに十郎さんは座り込み、かずみちゃんが大丈夫？　と声を掛けていました。

「十郎の旦那！　どうした!?」

「あぁ、すいませんねぇ、お騒がせしちゃって」

こちらを向いた十郎さんの顔に覇気がありません。かずみちゃんが十郎さんが着ていた濃紺のトンビを捲《まく》っています。

「勘一！　十郎おじさん怪我《けが》してる！　血が出てる！」

「なにぃ!?」

勘一さんがトンビを乱暴に脱がせました。見れば、あちこちがまるで鋏《はさみ》で切ったようになっています。

「勘一さん！」

十郎さんの絣《かすり》の着物が黒く染まっています。

「よし、早く」

勘一さんが十郎さんの腕を取り、居間の方に引っ張っていきました。座らせて上半身を裸にすると、さらしを巻いたところにも血が滲《にじ》んでいました。

「なぁに、かすり傷ですよぉ」

十郎さんは笑っています。確かに、血色が悪いわけではないので血は止まっているのでしょう。マリアさんが十郎さんに言われて焼酎《しょうちゅう》を持ってきましたが、それよりも早くかずみちゃんがお医者さんの持つ鞄《かばん》を持ってきました。前に聞いていましたが、これはお父さんの形見なのです。

「消毒液、あるよ！」

かずみちゃんが手早く中からガラス瓶を取り出しました。きれいなさらしにそれを素早く振りかけて、十郎さんの脇腹《わきばら》の傷に押し当てました。

戦争中、かずみちゃんはお父さんのお手伝いをよくしていたと聞いています。成程と頷けるほど、手際の良い様子にわたしは感心していました。

「うん、大丈夫だな。確かにかすり傷だ」

勘一さんも傷口を見て頷いています。こういうことには門外漢のわたしでも判る、はっきりとした刃物の傷です。かずみちゃんは上半身裸になった十郎さんの、あちこちの傷に消毒液を含めた布を押し当てています。

「ちょこっと縫っとくかい」

勘一さんが訊きました。うっかり忘れそうになるのですが、勘一さんは医学生でもあるのです。軍隊では衛生兵としても訓練をしたということですから、多少は心得があるのでしょう。

「すいませんねぇ、手間掛けさせて」

「いいってことよ。どら」

勘一さんが針と糸で手際よく傷口を縫っていきます。見てるだけで痛そうなのですが、十郎さんは顔を顰めるだけです。しっかりと消毒してきれいな布で巻き直しています。

マリアさんがもう落ち着いたと見たのでしょう。お茶を運んできました。

「どうしたのさ。十郎の旦那ともあろうお方が」

「いやぁ、面目ないですねぇ」

お茶を飲んで一息つきながら十郎さんが苦笑したところで、また玄関が開く音が響きます。

「ただいまー」

今度はジョーさんです。慌ててかずみちゃんが飛んでいって、直ぐにジョーさんの手を引っ張りながら戻ってきました。ジョーさん、何事かと眼を丸くしています。

「ジョーちゃんは大丈夫だった！」

草平さんの居ないところで話すのもなんですが、と十郎さんは前置きしました。

「まぁ明日また改めてお話ししますけどねぇ」

「ヤッパ傷ってことは、十郎さんのお仲間じゃねぇよな」

勘一さんが訊きました。

「いや、それがお恥ずかしい事に仲間なんですよ」

まぁ。マリアさんやジョーさんの眉間に皺が寄りました。

「先の終戦でもちろん情報部など解体状態でしたけどねぇ。そこはそれ、ついた道筋はけもの道でもそう簡単に消えやしませんからねぇ。だからこそ私がここにこうして居るんですが」

「前振りはいいやな。それで？」

せっかちな勘一さんが先を促しました。正直言いまして、ついつい話が長くなる癖のある十郎さんは苦笑いして頷きました。

「大ざっぱに言ってしまえば、三つに分かれているのですよ」

「三つ」

「アメリカさんと結びついたのと、イギリスさんと結びついたのと、そして野に下ったのとねぇ」

「成程」

「まぁ表立って動くわけにはいかない連中ばかりですから、棲《す》み分けってやつでそれなりに上手《うま》くやっていたんですけどねぇ。野に下った連中の中には卑しい根性の奴も増えてきちまってねぇ」

ジョーさんがポンと手を打ちました。

「それでか」

「なんでぇ」

「いやなに」

貿易の方のお仕事で外出していたジョーさん。横浜の方まで行ってらっしゃったそうですけど、そこのオフリミットの酒場で色んな情報を得てくるのだとか。

「ごろつきがね、今夜辺りこっちの方で良い稼ぎがあるってんで何人か集められたとか。そいつらを雇ったのが陸軍くずれで身内のごたごただとかね」

「それですねぇ、まさに」

「ってぇと、十郎さんと袂《たもと》を分かった連中が、ごろつきを雇って十郎さんを殺そうとしたってことかい？」

驚いたのはわたしぐらいでした。マリアさんもジョーさんも、かずみちゃんまでもが、さもありなんとばかりに渋い顔で頷いています。

「本気で殺すつもりはなかったでしょうねぇ。そのつもりなら刃物なんてまだるっこしいものは使いませんからねぇ」

「成程」

「多少衰えはしても、いくらなんでも二、三人のごろつきに刃物じゃやられませんねぇ。向こうもそれは判ってますよぉ」

おそらくは単なる脅しだったんだろうと十郎さんは続けました。

「潮時ですかねぇ」

「潮時って、どういうことでぇ」

勘一さんに頷きながら、ふぅ、と大きな溜息と共に、十郎さんはわたしの方を見ました。

「ここを出て行く頃合いかもしれないですねぇ」

四

お昼前にお父様とお母さんが帰ってこられて、お昼ご飯の席で昨夜の十郎さんの一件が話し合われました。

傷を負った十郎さんですが、熱が出ることもなくお元気です。こんなのは日常茶飯事ですよぉ、と笑っていたのですが、その通りなんでしょう。昨夜、上半身裸になった十郎さんの身体は傷跡だらけだったのです。

それぞれの人生がある、というのは、ここに来てどんどん理解を深めていったわたしですけど、改めて、溜息が出るほどでした。

「成程」

お茶を飲みながら、お父様が頷きます。

「そうすると、襲ってきたのは元陸軍情報部の野に下ったお仲間で、しかしそれは〈箱〉の件とは無関係と結論付けていいんだね?」

十郎さんが頷きます。

「間違いないですねぇ。〈箱〉の情報を手にしているのはごく一部。しかも介山さんのおかげでそれはしばらくは手を付けられないから静かにしておこうって事になってますからねぇ」

お父様も、そうだな、と頷きました。

「騒ぐんならもっと先の話ってんだろ？」

勘一さんが続けました。

「このままバレねぇで時間が過ぎてって、連合軍っても実質上はアメリカ野郎の独占状態で、それを気に入らねぇイギリスさんがもしなんか仕掛けてくるとしたら、いつになるのかわかんねぇけどよ、この占領が終わるときだろ」

ジョーさんも深く頷きます。

「何らかの条約が締結される頃合いだろうな。そのときを目掛けてそれぞれが動くんだろう」

ジョーさんがわたしの背中の方に顎《あご》をくいっ、と向けました。チョッキのそこにはもちろんあの〈箱〉が仕込んであります。

最初の頃は矢張り違和感がありましたけど、最近は慣れてしまったので全然気になりません。むしろこのおかげで姿勢が非常に良くなったような気がします。

「今この時期に〈箱〉の中身を知ろうなんて考えるのは、金目当ての連中だけだ」

お母さんも含めて、大人たちが皆、うむ、と深く頷き、考えているところにかずみちゃんが訊きました。

「そのお金でね」

「うん？」

お父様が、なんだい？　とかずみちゃんに訊きました。

「その悪い人たちは、お金を手に入れて何をしようとしてるの？」

うーん、とお父様は唸《うな》りました。ジョーさんも十郎さんも苦笑しています。

「また戦争でも始めようとしてるのよ」

マリアさんです。かずみちゃんの隣に座っていたので、頭をそっと撫でました。

「戦争、嫌よね？」

「ゼッタイ、イヤ」

「そう。戦争なんて、男どもの身勝手なものに巻き込まれてさぁ、損をするのは女と子供なのよ。冗談じゃないってね。だからさ、かずみ」

「なに？」

マリアさん、かずみちゃんの頭をポン、と軽く叩きました。

「アタシたちでさぁ、そんな悪い大人やっつけちまおう！」

よし！　とかずみちゃんが大きく返事をして、皆で笑いました。

「それで、昨日の騒ぎというのは何の目的で？」

お父様が訊くと、こくんと十郎さんが頷いて、言いました。

「一人、死にました」

わたしやお母さんやかずみちゃんは驚いて口に手を当てましたが、他の皆さんはピクリと眉を動かしただけです。

「誰でぇ」

「私の他に〈箱〉の存在を知っていた男ですねぇ。私の上司だったんですよぉ」

「そいつが、何故《なぜ》」

ジョーさんが訊きました。

「〈箱〉の秘密を、もっとも奴らは〈箱〉だということも知りませんねぇ。ただ大きな儲け話に繋がるものを抱えているというだけの情報で、吐かせようとしたんですねぇ。ただまぁ私の上司ですから、私の十倍狡賢《ずるがしこ》くて強かったものでねぇ」

「手加減できなくて吐かせる前に殺しちまったと」

「そういうことですねぇ」

そう言ってから十郎さんは慌てたようにわたしを見ました。

「サチさんが気に病む事はないですからねぇ。これはあくまでも私たちの身内の問題。仮にサチさんが〈箱〉を持っていなかったにしても起こり得た事ですからねぇ」

そうよサッちゃん、とマリアさんが肩を叩きました。

「絶対、気にしちゃ駄目よ」

「すると」

お父様も、わたしにその通りだと言った後に続けました。

「奴らは今後も十郎を狙《ねら》うだろう、と。だからここを出て行った方がいいというわけか」

「幸い、私がここに居るのは単なる世間の眼を欺く隠れ蓑《みの》ということになってます。軍人崩れが知り合いの古本屋に下宿してるとね。連中がそう思っているうちに」

「火の粉が降り掛からないうちに、か」

ジョーさんが腕組みします。

「十郎さん、いなくなっちゃうの？」

かずみちゃんが十郎さんの着物を引っ張りました。

「そうですねぇ」

「嫌だなぁ。せっかく皆で暮らしているのに」

かずみちゃんが、唇をへの字にします。

「一緒に居ようよ」

「嬉しいですねぇ。でもねぇかずみちゃん。このままだと」

「声を掛けようか？」

マリアさんです。

「アタシの周りにいる連中にさ、もうしょうがないから表立って守ってもらうとかさ」

マリアさんのお父様の関係の人たちですね。

「アタシが把握できるだけでも十人がとこいるから、その舎弟とかも含めれば三十人やそこらは、なんとかなると思うけどね」

「俺の方では、多少金を積めば五十人やそこらは」

ジョーさんです。

かずみちゃんが何を想像したのか、ぶるっと震えました。わたしもそうです。覚悟はしていたつもりですが、この家の周りがそんな事態になるなんて。

「私は、嫌ですよ、そんなキナ臭いの」

黙って話を聞いていたお母さんが、口を開きました。いつものように、微笑んでいますが、少し強い口調でお父様に向かって言います。

「何のために我が家にサチさんを匿《かくま》ったんですか。その時が来るまで、サチさんに平和に、心安らかに過ごしてもらうためでしょう？」

お父様が、頷きます。

「それなのにそんな事になってしまったら、あなた、サチさんのお父さんに、五条辻の政孝さんに何と言ってお詫びするんですか」

「お母さん、そんな」

「いいんですよ。親子して普段から大きな口ばかり叩くんですから、ここでしっかりやってもらわないと」

「でも、わたしが、全ての原因なのですから」

わたしがここから出ていけば。そう言おうとしたのですが、十郎さんが手を振ってそれを遮りました。

「いやぁ、私が出て行けばそれで済む事ですからねぇ」

お母さんが、ポン、と座卓を叩きました。

「それが、嫌だと言ってるんですよ」

「はい？」

「かずみも言ってるでしょう。せっかく皆で楽しく暮らしているのに、こんな事で離ればなれになってしまうなんて、嫌ですよ」

お母さんはわたしを見て微笑みます。

「サチさんも、いつまでもそんな事考えていちゃ駄目です。あなたが居たから、この家はこんなに賑やかに楽しくなっているんですよ。十郎さんもジョーさんもマリアちゃんも、どう？　この家に来る前と今とどちらが楽しいの？」

マリアさんが、にいっ、と笑いました。

「お母さんの言う通り。今がとっても楽しいわぁ。人生でいちばん楽しいぐらい。十郎の旦那もジョーもそうなんでしょ？」

十郎さんもジョーさんも苦笑します。勘一さんが、よし、と大きく声を上げました。

「親父」

「うん」

「お袋の言う通りだ。こんなに世話になった十郎さんに出て行ってもらって終わらせるなんて堀田家の名が廃《すた》るぜ。かといってここで騒ぎをやらかしちまったら、ご近所さんにだって迷惑だしよぉ。せっかく戦争が終わったってのに、俺たちが平和を乱しちゃ御先祖様にだって顔向けができねぇよ」

「そうだな」

「何か手はねぇのかい。考えてくれよ」

お父様が、うーん、と唸りながら天井を見上げました。

「ご近所さんか。そうだな」

何かを考えているようです。皆がその様子を黙って見ていました。お父様は、勘一さんやジョーさん、十郎さんのように武道に通じていたりするわけではありませんが、その知恵と才覚は誰もが認めるところです。

ジョーさんが言っていましたが、お父様は、表舞台に出てさえくれれば、この国を動かすことすらできるはずだと。ジョーさんのボスであるブアイソーさんは、政治の世界で謀《はかりごと》を行う方のようなんですが、実はそのブアイソーさんさえも上回る能力を持っていると太鼓判を押していました。

「力はない」

お父様が言いました。

「確かに勘一やジョーや十郎は、そういう連中と実際に戦える力はあるだろうが、我が家にはない。普通の人間はそうだ。圧倒的な暴力の前には無力だ」

勘一さんが、何を言いたいのかという表情をしていますが、黙って聞いています。

「美稲の言う通り、サチさんには平和に暮らすためにここに居てもらっているんだからな。その気になればディフェンシブに徹することはできるだろうが、ここはひとつ、力には別の力で対抗しよう」

「別の力？」

マリアさんが言うと、お父様は大きく頷きました。

「かずみ」

「なに？」

「海に行って、砂浜で波を防ぎたいときはどうする？」

ニコニコしながらお父様は訊きました。これは、謎掛けでしょうか。かずみちゃん、きょとんとしながらも答えました。

「砂で壁を作る」

「砂は、波に崩れてしまうな」

「じゃあ、石を拾ってきて石で壁を作る」

「それも、波の力の前にはいつか崩れてしまうな」

「えーとね」

かずみちゃん、真剣に考え込みました。十郎さんもジョーさんもマリアさんも、さてなんだろうと頭を捻《ひね》っています。

「おいおい皆、真剣に考えるんじゃねぇよ」

勘一さんが仏頂面で言います。

「親父の言うことなんだから、どうせこちらが予想もしないような事を考えてんだよ。まともに考えると馬鹿みるぜ」

「そう言うんなら、勘一、判るか？」

お父様が煙草に火を点けて、右眼をひょいと吊《つ》り上げました。

「どうせよ、宙に浮かべば波は当たらないから大丈夫、とかって言うんだろ」

「その通りだ」

「はい？」

お父様は、にっこり微笑みました。

「天にも昇るような楽しいことをしてやろう」

「なんだよ親父そりゃあ」

「パァティだよ」

パァティ？　と勘一さんは声を上げます。皆も眼を白黒させました。

「ここで、盛大にパァティをやろう。すぐにだ。準備をしなきゃな。忙しくなるぞ」

「親父、熱はねぇか？」

本気で心配してるように勘一さんはお父様に近づきましたが、十郎さんが、成程《なるほど》！　と手を打ちました。

「波が怖いなら、それが届かないところに飛んで逃げてやろうというわけですねぇ」

「あ？」

「そうか」

ジョーさんです。

「それは、ある意味では、向こうの力とはまったく別次元の力を見せつけることになるわけだ」

ジョーさんも判ったのでしょうか。勘一さん、悔しそうに一度頭を捻って、唸っています。

「どういうこと？」

かずみちゃんがわたしに訊きましたが、わたしもよく判りません。パァティをここでやるというのは、それはまぁ意味としては判りますが。

「まぁ、さっそく準備を始めようか」

パァティというのは、つまり、古本の内覧会のようなことでした。

「古本屋なんだからね。それ以外することはないよ」

そう言ってお父様は微笑みます。

「戦争も終わって新しい春も迎えた。出版状況も整ってきたし、ここらで我が家自慢の〈蔵開き〉をしようと御案内を出すんだよ」

その御案内を出す先というのが、驚きました。古書店のお仲間はもちろんですが、戦前からの出版社、新興の出版社、たくさんの作家の方々、元財閥関係者や政府関係者に実業界の大物、そして音楽界や芸能界で名を成している方々。どうしてこんなにたくさんの有名人の方にお知り合いがいるのだろうと眩暈《めまい》がするほどでした。

「驚くわよねぇ」

御案内状の宛先《あてさき》を皆で手分けして書いていたのですが、マリアさんが感心したように言います。

「おじいちゃんが元財閥って話は聞いていたけどさぁ、これほどの人脈を持ってるとは、たまげたってもんじゃないわね」

「本当ですね」

わたしも大きく頷きました。

「サッちゃんは慣れてるんじゃないの？　ここらにあるお名前にも知ってる人が居るんじゃない？」

それは確かに。幾人かの方のお名前はもちろん存じ上げてますが、それはあくまでも父の関係者というだけです。わたしが親しいわけではありません。

「確かに、〈力〉よねぇ。これだけの人が揃う家に、殴り込み掛けようなんて馬鹿はさすがにいないわよ」

そういうことだったのです。お父様が言う別の力で対抗しようというのは、暴力とはまったく別の、言ってみれば文化の力で対抗しようということでした。家の中で同じように御案内状を書いていた勘一さんがお店の方にやってきました。

「こっちの住所録は書き終わった。まだあるか？」

「あ、はい」

マリアさんがまだ残っている住所録の何枚かを差し出しました。

「ねぇ勘一」

「おう」

「例えばこのロッパもさぁ、あんたは会った事あるの？」

古川緑波《ふるかわろっぱ》さん。わたしは詳しくはないのですが、皆さんにはとても人気のある芸人さんだそうです。勘一さんは頷きました。

「あるぜ。まだガキの頃だけどな」

「そうなの？」

「有楽座の千秋楽なんかにお邪魔してたな。そのままニューグランドなんかへ行って飯をご馳走《ちそう》してもらったりしたな」

「じゃあさ、志賀直哉《しがなおや》さんなんてのは、有名な作家さんなんでしょ？　この人も知り合い？」

勘一さん、頷きます。

「まぁ俺じゃなくて親父やじいさんが知り合いなんだけどな。熱海《あたみ》の家なんかにお邪魔した事はあるな」

マリアさんは首を横に何度か振って溜息をつきました。

「今さらだけど、アタシは本当に場違いなところに来ちゃったみたいね」

勘一さん、なぁに、と笑いました。

「んなものはただじいさんの遺産みたいなもんだ。俺には全然関係ねぇしな。それより急げよ。今日中に出しちまわないと間に合わないぜ」

三月の佳《よ》き日。

〈東京バンドワゴン〉には朝からたくさんの人が訪れていました。お店の方は棚が片付けられてテーブルが置かれています。

そして蔵の戸は開けられて、お庭の方にも小さなテーブルや長椅子《ながいす》を並べて、たくさんの人が自由に休んだり本を見たりできるようにされています。なんでもこれが〈東京バンドワゴン〉伝統の〈蔵開き〉なのだそうです。尤《もっと》も滅多に行われることはなく、勘一さんもこれで二回目だとか。

「初めてのときは小《ち》っちゃい頃だったからな。なんだか騒がしかったぐらいでほとんど記憶にねぇな」

そう言っていました。お客様のお相手はもちろんお父様とお母さんに勘一さん、それにマリアさん、ジョーさんです。わたしと十郎さんは台所に回ってお茶や軽くつまめる食べ物の準備です。かずみちゃんは愛らしく元気な笑顔を振りまいて、お客様の間を飛び回っています。

十郎さんはもちろんあまり大勢の人の前に姿を出したくないというのがありましたし、

幾人かの方がわたしの顔を見知っている場合もあります。尤もそういう方々は、まさか割烹着《かっぽうぎ》を着たわたしがここに居るなんて夢にも思いませんでしょうから、それほど心配する事はないと思うんですけど。

縁側にカナッペをお持ちしたときに、近くの神社の神主である顗円さんがちょうどやってきてお父様の横に座り、わたしを呼び止めました。勘一さんと祐円さんが幼馴染みであるように、顗円さんもまたお父様の幼馴染みでもあるのです。勘一さんと祐円さんは同い年ですが、顗円さんはお父様より少し年上です。

「でも、昔は草平が私の親分だったんですよ」

「そうなんですか？」

お父様が苦笑いします。

「こいつは私より三つ下ですけどね。あれは、いつだったかな？」

「止めてくださいよ顗円さん」

「いやいや、こういうことはちゃんと伝えておかんとな。確か私が十二歳でこいつが九歳だったかな。その頃の私はまぁ手のつけられないガキ大将でね」

今の穏やかな様子からは想像できません。

「男はもちろん、よく女の子に悪戯《いたずら》しては泣かしていたんだ。で、まぁほら草平は元々家柄も良くてな、こんな下町に住んではいたものの、私らとは生活のレベルが違っていて、やっかみから随分といじめたものさ」

「さんざんやられたよ」

「そうだったんですか」

「そうしたらある日だ。草平が神社にやってきてな、決闘しようと言い出した」

　決闘ですか。お父様は煙草に火を点けて、にやにや笑っています。

「仲良しの聡子《さとこ》ちゃん。居たんだよ当時草平と仲良かった女の子がな。その子をいじめる私をこれ以上男として許せないとか言い出しおってな」

「まぁ」

　思わず頬が緩んでしまいました。お父様はその当時からジェントルマンだったんですね。

「それで、喧嘩《けんか》したんですか」

「いやいや、ボクシングさ」

「ボクシング？」

「知ってるかね？」

「もちろんです」

　オリンピックの競技にもありますし、何よりジョーさんがボクシングを相当されているとか。

「当時はまだなんのこっちゃか全然私はわからなくてね。そうしたらこいつは本を拡げたんだ」

お店から持ってきた、ボクシングのルールや練習方法を書いた本だったそうです。ただし、アメリカの本だったそうですけど。

「英語でちんぷんかんぷんなのをね。こいつが訳しながら、二人でボクシングの練習を始めたのさ。こう、手にボロ布を巻いてね」

顕円さんが可笑しそうに笑いました。

「じゃあ、二人でボクシングを練習して、それでできるようになったところで決闘したんですか？」

そうそう、と顕円さんが頷きます。

「リングは祭りのときの相撲《すもう》の土俵を使ってな」

笑ってしまいました。そのときの勝負では顕円さんが負けたのですが、その前からも う顕円さんはお父様の聡明さや男気みたいなものに惚《ほ》れていたそうです。

「おっと、つい長居してしまったな」

顕円さんは立ち上がりましたが、ふと、わたしを見つめました。

「はい？」

にこっと微笑みます。

「サチさん、すっかりここに馴染んだな」

「あ、はい。お陰様で」

「草平、私のところでの式は、言ってもらえればいつでも大丈夫だからな」

お父様は一度眼を大きくしてから、笑って頷きました。式というのは、それはわたしのことでしょうか。勘一さんとのことでしょうか。つい顔が赤くなってしまったのが判りました。顕円さんは笑いながらそれじゃあと立ち上がり、入れ替わりにこちらに向かってきた方が居ました。

「草平くん」

お二人の紳士がやってきてお父様に声を掛けました。

「あぁ、正木《まさき》先生、小舟《こふね》さんも」

立ち上がって嬉しそうに握手を交わします。

「お元気そうで何よりでした」

「いやいや、草平くんも。勘一くんも蔵の中で話したが元気そうだった」

「勘一は殺したって死にはしないでしょうけどね」

楽しそうに笑います。お父様がわたしの方を見ました。

「正木先生、小舟くん。これがその殺しても死なない息子の嫁なんですよ」

「サチと申します」

正木先生が、いやいやこれは失礼と頭を下げました。小舟さんがびっくりしたように眼を丸くします。

「正木先生はね、お医者様でもあり、探偵小説を書かれる作家さんでもあるんだ」

「そうでしたか」

「小舟くんもまた新進の探偵作家でね、実は勘一の軍隊時代の友人なんだよ」

「あいつが軍隊に居たなんて言い触らしてほしくないですけどね」

小舟さんが苦笑します。どれほど軍で不真面目《ふまじめ》だったのでしょう。

「と言っても僕も戦地に行かないで帰ってきてしまった腰抜けなんですが」

召集されて軍に入ったものの、戦地に赴かずにそのまま終戦を迎えた人も多いと言います。それは知っていましたが、ただ、余りにも多くの人の命が奪われた悲惨な戦いだったために、中にはそれを恥と思い、自ら命を絶ってしまうような方も居たとか。才能ある文章を書いていた方も、多く命を落とした、と残念そうに皆さんが話していました。

「まぁでも」

小舟さんは微笑みます。

「これからの僕の戦いはペンと原稿用紙ですよ。せっかく死に損ねたんだから、そういう連中の分まで戦ってやりますよ」

「その意気ですね」

楽しみにしていますよ、と、お父様が微笑みました。

＊

「しかし、さすがですねぇ」

台所でわたしと十郎さんはひと休みしていました。

「何がですか？」

「草平さんですよぉ。確かに、これだけの人が集まってくれれば、そうおいそれと手を出せるところじゃないと馬鹿でも理解できますよぉ。新聞社の連中も集まってきてますしねぇ」

そうなんです。たくさんの記者の方やカメラマンの方が集まって、お父様に取材をしたり、集まってきた著名人の方にお話を伺っています。おそらく明日の新聞にはこの記事も出るのでしょう。

〈東京バンドワゴン〉の蔵の中には、それこそそういう地位の高い方々でも滅多に見られないような古書も多いと聞きます。さらに今回は、ジョーさんが手配した海外の本も数多く並んでいます。文化交流の意義も大きいと、外国人の方もたくさんいらしているのです。

「店員全員が英語に堪能《たんのう》なんていう古書店は、日本広しといえどもここだけでしょうねぇ」

「本当に」

かずみちゃんは、お盆を持ってお客様の間をくるくる回ってお茶やお菓子を運んでいます。

「これで」

「なんですかぁ？」

多少の不安はありました。

「これで、大丈夫でしょうか。その、十郎さんを狙う方々がここを襲ってくるようなことは」

十郎さんは大きく頷きました。

「問題ないですよぉ。連中は、まさかこの店がこれだけの事をやりおおせる力があるなんて思ってもみなかったでしょうからねぇ。大勢で殴り込んでくるなんて馬鹿はしませんねぇ」

十郎さんはわたしの肩を叩きます。

「心配いりませんよ。今まで通りですねぇ」

今まで通り、普段通り。いつも十郎さんたちは、わたしにそう言ってくれます。有り難いのですが、こんなにお世話になっているのに、わたしには何にもできません。

十郎さんは丸椅子に座り、騒《ざわ》めくお庭の様子に眼をやっています。のんびりと休んでいるように見えて、きっと全神経を張り巡らせているんだと思います。

「十郎さん」

「はいはい」

もう何ヶ月もひとつ屋根の下に居るというのに、誰も、十郎さんがどういう人生を生きてきたのか知りません。お父様はもちろん知っているんでしょうけど、聞いた事はありません。

「東京のご出身なんですか？」

茶飲み話のつもりで訊いてみましたけど、あまり上手くいかなかったように思います。

十郎さんがにこりと微笑みました。

「生まれは長崎なんですよぉ」

「まぁ」

随分と遠いところです。

「行ったことはありますか？」

「いいえ。でも、とても良いところだと」

「そうですねぇ」

　空気が違う、と十郎さんは、何かを懐かしむように言いました。

「きっと、太陽の光も違うと思いますよぉ。何もかもくっきりとしていてねぇ」

　十郎さんの言葉は独特です。でも。

「お国訛りはありませんよね？」

　苦笑いしました。

「これはぁ、身に付けたものなんですよぉ」

「身に付けた？」

「どこの出身なんだか判らないようにするためですねぇ。それと同時に、相手に恐怖を感じさせるように」

「恐怖？　ですか？」

　全然判りません。恐怖というより、むしろ滑稽《こっけい》さも感じてしまう喋《しゃべ》り方なんですけど。

　そう言うと十郎さんは唇を歪めました。

「想像してください。もし、私があなたのお屋敷だったところの部屋の暗がりに急に現れたら。そうして、こういう口調で、あなたの秘密を強引に聞き出そうとしたら、どう思いますかぁ？」

　ちょっと、驚きました。確かにそうかもしれません。慇懃無礼を通り越して、嫌らしいほどの恐怖を覚えるかもしれないです。

「訓練をね、いろいろするんですよ我々はぁ。それこそ、常人の方なら二度とこの平和な世界に戻ってこられなくなるような、辛《つら》く厳しくも、おぞましい程の訓練ですねぇ」

十郎さんの眼が、どこか深いところを見るような、暝《くら》い光を帯びたように見えたのは気のせいでしょうか。暖かい陽射しが窓から入り込んでいるのに、冷たい空気が足元を流れたようです。

だから、と、十郎さんの顔が急に穏やかになりました。

「余計に思うんですよ」

「何をですか」

懐手をして、煙草を取り出しました。火を点けて、にっこりと微笑みます。

「いつか、いつの日か帰ってこられるように、この平和な世界を守りたいとですねぇ」

初めて、理解できたような気がしました。十郎さんはわたしを守ってくれているのはもちろんですけど、その向こうに、この日本の未来を見据えているのだと。せっかく平和が訪れたこの世界を守る為に頑張っているのだと。

自分は何て浅はかだったんだろうと恥ずかしくなりました。わたしはこの〈箱〉と自分の身を守ることしか頭になかったと言うのに、十郎さんも、ジョーさんも、マリアさんも、もっと大きなものを守ろうとしていたんです。

「サチさん」

「はい」

十郎さんは、紫煙をくゆらせながら、にっこりと微笑みました。

「いいんですよ」

「はい？」

「それでいいんですよぉ。大きなものを守るために小さなものを犠牲にしては、今までのこの国の失敗と同じになってしまいます」

わたしの考えを見透かすように十郎さんは言いました。

「小さきものを守る。それが集まり束になって大きなものを守る。そういうことですよぉ」

こくん、と十郎さんが頷いたときです。かたん、と台所の裏口が音を立てました。それまで十郎さんが纏《まと》っていた穏やかな空気が嘘のように一変し、素早い動きでわたしをかばうように前に立ちました。すりガラス越しに、誰かがそこに立っているのが見えます。

「どなたですかぁ？」

十郎さんが訊くと、コンコン、とノックされます。ガラス越しの姿は女性のように見えました。十郎さんがわたしを後ろに下げて、戸をゆっくりと開けました。

「まぁ」

驚きました。ジョーさんのお母様、ジョアンさんです。

「どなたです？」

十郎さんは知りません。わたしは慌てて前に出て、お辞儀をしました。

「いらっしゃいませ」

ジョアンさん、中を覗《のぞ》くようにしてから言いました。

「賑やかね」

「はい。今日は」

「いいの」

判ってるの、と言います。

「私の方にも招待状が来たのよ」

「そうなんですか？」

知りませんでした。誰が書いたんでしょう。

「でしたら、こんな裏口ではなく」

表からどうぞ、と言おうとしたのですが、ジョアンさん、バッグから封筒を出しました。

「今日はあの野蛮人に会わないようにするわ」

勘一さんの事でしょうか。

「あの、でも今日はジョーさんが」

きっ、と睨まれました。わたしが口をつぐむと、ふっ、と息を吐いて、微笑まれたような気がしました。

「この中に」

「はい」

「ヘンリー・アンダーソンに関する情報が入っているわ」

がたっ、と後ろで十郎さんが音を立てました。なんでしょう。ジョアンさんは、くるりと背を向けます。

「ジョーとかいう男に伝えてちょうだい」

「はい」

「これがね、最後にできることだって」

止める間もなく、ジョーさんのお母様は行ってしまいました。振り返ると十郎さんが顔を顰めています。

「今のは？」

「あの、ジョーさんの」

成程、と頷きました。

「ということは」

十郎さんが慌ててその封筒をわたしの手から受け取って、透かしてみます。

「ヘンリー・アンダーソンという方は、どなたなんでしょう」

うーん、と唸ってから、わたしの顔を見つめました。

「GHQ参謀第二部のジェネラルですねぇ」

「ジェネラル」

将軍ということでしょうか。十郎さんが、封筒を人差し指で、ピン！　と弾《はじ》きました。

「サチさん」

「はい」

「こりゃあ、ひょっとして」

「なんでしょう」

「あなたのご両親の消息が判るかもしれませんよぉ」

思わず、息を止めてしまいました。

五

「ヘンリー・アンダーソンか」

ジョーさんが、腕組みをして下を向きました。

「大物ですねぇ。今まで手が届かなかったはずですよぉ」

「そんなになの？」

十郎さんにマリアさんが訊きました。

「マッカーサーの懐刀《ふところがたな》、という人間は何人か居ますが、このアンダーソンは逆にマッカーサーの最大のライバルと言われてる人ですねぇ」

「ライバル？」

うむ、とお父様も頷きました。

〈蔵開き〉はお陰様で盛況のうちに何事もなく終わりました。たくさんの方をお招きしたので一日では終わらず、丸二日かけてのことでしたから後片づけも大変でした。ご近所の方々にもたくさんお手伝いしていただき、そのお礼にと裏のお豆腐屋の杉田さんや、向かいの畳屋の常本さん、一本道を挟んだ隣のお風呂屋《ふろや》さんの松下さんや祐円さんなどを交えてささやかな祝宴を催して、ようやく日常が戻ってきた夜です。

ジョーさんのお母様、ジョアンさんが持っていらした封筒を開けて、皆で中に入っていた手紙をあらためて読んでいたんです。

お父様はお茶をごくりと飲んで、続けました。

「占領軍とはいえ、その実態は一枚岩ではないのだよ。まぁ簡単に言ってしまえばマッカーサーの失脚を狙う連中は多くいる。その中心にいるのが、ヘンリー・アンダーソンだと言われているんだ」

「確か、本当なら彼が最高司令官になって日本にやってくるはずだったということですねぇ」

「へー、そうだったんだ」

マリアさんが、封筒の中に入っていた写真を手に取りひらひらさせます。そこには、ヘンリー・アンダーソンという方が写っています。どこかのジャズ・クラブか何かで、何人かで撮った写真です。軍人さんの他にも楽器を抱えた日本人のミュージシャンの方も写っています。

「まぁこいつの方がマッカーサーより良い男よねぇ」

マリアさんがかずみちゃんに、ねぇ？　と笑いながら訊くと、かずみちゃんも笑って頷きました。

ジョーさんのお母様の手紙には、名前は判らないが、日本人の華族の夫婦が軟禁されているのは確かなことだと。

「確かに。この彼が五条辻くんを押さえているとするなら、納得が行くな」

「そうなのかよ」

お父様に勘一さんが訊きました。

「そもそもよぉ、そんな奴がどうして裏側にいるんだよ。マッカーサーのライバルならもっと表に出てきてもいいんじゃねぇのかい？」

「今、占領軍は日本に新しい憲法を作ろうと作業を進めている」

勘一さんが、うむ、と頷きました。

「もちろんそれはマッカーサーが中心となって進めているし、その新憲法の下に新しい内閣も出来上がっていくだろう。つまり、本当の意味での日本の再生をアメリカ主導で行おうとしているわけだ」

皆の顔が顰め面になりました。今現在、わたしたちに主権はない、つまり日本という国が存在していないのは、それこそかずみちゃんみたいな子供だって知っています。

「勘一」

「うん」

「国が新しく生まれ変わるために、いちばん必要なものはなんだ。憲法か？」

お父様に訊かれて、勘一さん、ちょっと首を捻って考えました。

「経済をどうやって復興させるかだな。憲法はもちろん必要だろうけどよぉ、国の力ってのは結局金をどんだけ稼げるかってことだろ」

「その通りだ。つまり、極端に言ってしまえば、今現在の日本はまさに金の生《な》る苗床というところだろう。しかも、何もかも自分の意のままにできる苗床だ。どんなに好き勝手やっても誰も文句は言わない」

「敗戦国だからね」

マリアさんが自嘲気味《じちょうぎみ》に呟き、勘一さんがうーんと唸りました。

「そうか。つまりこのアンダーソンって奴は、マッカーサーと対立するよりも、表側は任せておいて、裏側に居て金っていう甘い汁を吸おうって考えているってことか？」

お父様はにこりと微笑みます。

「そういうことだな。五条辻くんを押さえているのもそのためだろう。彼の財界に対する影響力は計り知れないし、財閥が解体されてもその力は残る。何より」

わたしの方を見ました。

「彼は、いざというときに、日本国民を揺さぶり国際的に通用する切り札とするべきものの存在を知っていた」

勘一さんもマリアさんもジョーさんもわたしを見ました。正確にはわたしの背中の方ですけど。

「天皇陛下に関わる文書、か」

「そうだな」

ジョーさんが溜息をつきました。

「それが、俺の母親の旦那とはね」

「人生は皮肉ね」

「まったくだ」

苦笑いをします。お母様のことを気にしておられたジョーさんが、どういう反応を示すか勘一さんもわたしも心配していたのですが、幸いにもジョーさんは、何の変わりもありませんでした。むしろ、お母様が危険も顧みずにここまでやってきたことに、感謝をされていました。

あのお金も、笑って受け取っていました。金力善用というのがジョーさんのモットーだそうです。どんな金でも金は金。使う人間によって有用にも無用にもなると。

「しかしよぉ」

勘一さんです。

「そこまでは、判ったよ。判らねぇのは、なんでジョーの母親がよ、そんなふうに知らせてきたかってことだよな。相当入り組んだ国家レベルの機密ってことだろ？　いくら奥方だってよそんな事実を知ってるなんてぇのは」

「勘一」

ジョーさんです。

「おう」

「お前も本当に頭良いんだか悪いんだか判らないね」

勘一さんが仏頂面をしました。ジョーさんは苦笑いします。

「軟禁されているのは確かなこと、と言ったろう。ということはそれを世話している人間が居るということだ。サチさんのご両親は仮にも華族だった人たちだぞ？　後々協力してもらおうという算段があるとしたらアンダーソンだって手荒には扱えない」

「あっ！」

勘一さんが、ポン！　と膝《ひざ》を打ちました。

「そうか！　じゃあ！」

お父様も頷きました。

「ジョーのお母さんが、間接的にでもサチさんのご両親に接している可能性が高いね。もしや、サチさんのご両親に頼まれたのかもしれない」

「そうなんですか!?」

驚きました。お父様は微笑んでわたしを見ました。

「まず、ジョーの動きをお母さんは察知した。ひょっとしたら日本に来る前からジョーのことを知っていたのかもしれない。むしろその可能性の方が高いだろうね」

「そうですね」

ジョーさんも頷きました。

「そうしてジョーのことを調べてみた。そうすると我が家の情報も手に入る。そして自分の夫が何をやっているかを把握していたとすると、ジョーのお母さんは何もかもを理解したということになる」

十郎さんもマリアさんもうんうんと大きく首を振りました。

「五条辻のご両親を気の毒に感じていたし、息子の身も案じた。しかし迂闊《うかつ》なことは出来ないので、確実な情報をもたらすことは出来ない。だが一人娘の、つまりサチさんの無事を確かめたいというご両親の願いはなんとかしてやりたいと思ったのではないのだろうか。少なくとも、勘一やマリアちゃんの話では、ジョーのお母さんはそういう人なんだろう」

そうです。わたしもそう思っていました。決して悪い方には、冷たい人間には思えませんでした。ジョーさんも一、二度頷いています。

「だとしたら、やる事は決まったわね」

マリアさんが言いました。

「どうやってヘンリー・アンダーソンに近づいて、サッちゃんの父さん母さんを救い出せるかを考える、と」

「しかもぉ」

十郎さんが続けました。

「ジョーくんのお母さんには、これ以上接触しないようにですねぇ。彼女の立場を危うくしても拙《まず》いですからねぇ」

皆が、大きく頷きました。

四月になって桜も散ってしまいましたが、その下の雪柳はまだ白い小さな花をたくさん咲かせています。

＊

このところしばらく肌寒い日が続いていたんですが、今日は朝から陽射しが暑い程で、一日中蔵の扉も開けて、中の風通しをよくしていました。古本という紙のものを扱っていますから湿気は大敵です。そうして、紙というのはよく湿気を吸います。蔵の中にたくさん仕舞われた古本などをきちんと虫干しするのは大変な仕事なので、定期的に行うのですが、そうでない日にもこうして風通しを良くするのも仕事のひとつなのです。

ただ、どうしても蔵は裏側にあるので人の眼が届きません。扉を開けているときにはちゃんと見張りを立てるのです。今日は日がな一日十郎さんとジョーさんは縁側で将棋をしていました。

お昼過ぎから出掛けていたマリアさんは、夕刻になって帰ってきたのですが、何か嬉しそうにしながらお店に入ってきました。

「お帰りなさい」

「サッちゃん！」

ニコニコ笑いながら勢い込んで、マリアさんはわたしの肩を摑みます。

「はい？」

「ピアノ、弾けるでしょ？」

「ピアノ、ですか？」

頷きました。弾けます。

「小さい頃から習っていましたから、一応は」

「ジャズ、好きよね？」

「はい」

好きです。近頃はラジオからもよくジャズ・ナンバーが流れてくるようになって、よく聴いているのです。かずみちゃんもすっかり覚えてしまって、この間は〈Over the rainbow〉を口ずさんでいました。かずみちゃん、なかなか歌が上手なのです。

「ジャズをピアノで弾ける？」

質問の嵐に、お父様もきょとんとしています。一体何なんでしょうか。

「ジャズ・ナンバーですか。弾いたことはないですけど」

練習すれば弾けないこともないと思います。あの独特のテンポや雰囲気は一朝一夕には出来ないでしょうけれど。

マリアさんは、わたしの肩から手を離し、その手を腰に当てて、よし！　と頷きました。

「サッちゃん」

「はい」

「ジャズ・バンド、組むわよ！」

「え？」

ジャズ・バンド、ですか？

「その名も〈TOKYO BANDWAGON〉！」

皆揃っての晩ご飯も終わり、お茶を飲みながらマリアさんが計画を話し始めました。

「根っからのジャズ好きってわけだ。アンダーソン将軍は」

勘一さんが言うと、マリアさんは頷きました。

「自分でもサックスをやるらしくてね」

「なるほどなぁ」

どこかに、ヘンリー・アンダーソンに繋がる道はないかと、ジョーさんも十郎さんもマリアさんも、そしてお父様もいろいろ手を尽くしてくれたのです。その中で、マリアさんは音楽仲間からアンダーソンがジャズに造詣《ぞうけい》が深く、自分でジャズ・バンドを組んで演奏会も開いているという情報を得たのです。

「ジョーの母さんが持ってきたあの写真があったからね。助かったわよ本当に」

「しかし、どこの劇場でもアンダーソンが顔を出しているなんて話は聞かなかったがな」

ジョーさんです。

「それがさぁ」

マリアさんが顔を顰めて、ちらっとかずみちゃんを見てから言いました。

「ちょいと話をぼかしながら進めてほしいんだけど、草平さん〈光全《こうぜん》クラブ〉って知ってる？」

お父様の顔が曇りました。

「あれか」

「なんだよ親父」

勘一さんは知らないようですね。ジョーさんも右眼が少し上がりましたし、十郎さんは、うむ、と頷きました。

「噂にしか聞いていないが、実在しているのかね」

マリアさんがひょいと肩を竦《すく》めました。

「確かなようね。なんたってアタシも誘われた口だし」

あぁ、と十郎さんが納得しています。

「マリアさんなら、確かに放っておかないでしょうねぇ」

何となく、薄々とですが、その〈光全クラブ〉というものの正体が判ったような気がします。わたしの顔を見て察したのでしょうか。マリアさんが耳打ちしてきたのは〈軍専用高級娼館《しょうかん》〉という言葉でした。

矢張り、そうだったのですか。皆の様子に、かずみちゃんは何も訊きません。頭の良い子ですから、子供の話ではない、と察しているのでしょう。

「日本人は完全にオフリミット。唯一入れるのは相手をする女とミュージシャンのみ。忍び込んで探ろうとした記者連中が何人もどっかの川に浮かんだって話も聞いたわよ」

ふぅ、とお父様は溜息をついて、頭を二度、三度振りました。

「まったく。どこの国でもやることは同じか」

「するってぇとマリアちゃんよ。ひょっとしてそこに」

勘一さんが訊くと、マリアさん、静かに頷きました。

「そこを仕切ってるのはアンダーソン本人だっていう話もあるからね」

「サチさんのご両親がそこに軟禁されている可能性も、高いか」

ジョーさんが言うと、お父様も頷きました。

「そのクラブに使われている場所は、噂通り、あそこなんだね？」

マリアさんが頷きます。

「だからさぁ、バンドを組むのよ！　バンド組んであちこちのクラブに顔を出して人気を取るの。そうしたら間違いなくアンダーソンの方から接触してくるわよ！」

「なるほどねぇ」

　十郎さんが腕組みしました。

「潜入するにも無理はない。アンダーソンにも楽に接触できる。入ってしまえば、探る方法はいくらでもありますからねぇ」

「悪くないな」

「それによ！」

　勘一さんです。

「あちこち出なくたってよ、マリアちゃんがまた歌い出したとなりゃあ、たちまち評判になるぜ。なんといっても歌姫マリアなんだからよ」

　お父様もジョーさんも十郎さんも頷きました。

「そうすると」

　お父様です。

「ボーカルはマリアちゃん、ピアノはサチさん、サックスはジョーに、ドラムスは十郎で、ベースは勘一か」

「草平さんだって、ギターはオッケーでしょう？」

「いや、年寄りは遠慮したいところだな」

わたしは眼を丸くしていました。ジョーさんのサックスというのは、なんとなくイメージから納得できますし、お父様のギターというのも、英国暮らしが長いのですから素養があっても然《しか》るべきかと思います。ですが、十郎さんがドラムスで、勘一さんがベース？

「あの、勘一さん」

「なんでぇ」

「ベース、弾けるのですか？」

申し訳ないけど、まるで想像できません。勘一さんが、わたしを見て、からからと笑います。

「柄じゃねえってかい？　まぁ確かにそうだろうけどさ」

勘一さん、お父様の方を見ました。

「ちっちゃい頃からこの道楽親父に仕込まれたんだよ。最初はバイオリンだったんだけどよ。どうもちまちまして性に合わなくてな。ベースにさせてもらったのよ」

「バイオリンも弾けるのですか！」

ジョーさんが、可笑しそうに笑います。

「サチさん、自分の亭主のことを知らなさすぎだね」

「すみません」

でも、誰も教えてくれませんでした。ジョーさんは続けます。

「言いたくないけどこの勘一、見掛けはこんなだけどね、音楽や絵画や文筆やら芸術方面ではかなりの才能の持ち主なのさ。そこだけは、俺も敵《かな》わない。ま、本人にそういうことをやる気がまったくないんで、宝の持ち腐れなんだけどね」

「うるせぇよ」

煙草に火を点けて、勘一さんがジョーさんを睨みます。

「ま、あれよねぇ。サッちゃん、さっさと勘一と子供を作ってさ、その子に才能を受け継がしてスターにしちゃえばいいのよ。楽できるわよー」

「うるせぇって！」

勘一さんの顔が赤くなっています。そういうわたしの頬もきっとちょっと上気していると思うのですが。お父様がにこにこしてわたしを見ています。

「まぁ勘一からかうのはこれぐらいにしてさ。もう一つ、案があるのよね」

「なんでぇ」

マリアさん、隣に座って黙って話を聞いていたかずみちゃんの肩にポン、と両手を置きました。

「ワタシ？」

かずみちゃんがきょとんとした顔をします。

「かずみにもね、ボーカルやってもらうの」

「えっ!?」

かずみちゃん、さらに眼を丸くしました。

「前からねぇ、かずみって子供離れした歌唱力あるなぁって思ってたのよ」

勘一さんが、うーん、と唸ります。

「いや、そりゃあおめぇ、いくら歌が上手いって言っても」

「作戦なのよ」

「作戦?」

マリアさん、大きく頷きます。

「いくらアタシで話題になったって、アンダーソンの眼に留まるって保証はないじゃない。でも、かずみがステージに立ってジャズを歌えば、絶対に話題になる。それはアタシが保証する。確実にその噂はアンダーソンの耳に届くと思うんだ」

「なるほど」

お父様が、背筋を伸ばしました。

「それは、いい案かもしれない」

「そうなのか? 親父」

「いくらお前たちのバンドが話題になっても、それより上手いバンドはこの東京に星の数ほどある。子供を巻き込むのに多少抵抗はあるものの、皆が揃っていればさして問題はあるまい」

お父様は、お母さんの方を見ました。実は堀田家では、どんなにお父様や勘一さんが話を進めても、最終決定権はお母さんにあるのです。お母さんはわたしを見て、それからかずみちゃんが眼をきらきらさせているのも見て、微笑んで頷きました。

「しょうがないでしょうね。かずみだってこの家の一員なんだから、サチさんのために何かしてあげたいと思っていたでしょうし」

「うん！」

かずみちゃんが大きな声を上げました。

「でも、勘一」

「うん？」

「あなたの命を懸けて、かずみを守りなさいよ。サチさんはもちろんのこと」

勘一さん、ぐいっと右手の拳に力を込めました。

「判ってるってよ」

お父様が、わたしの方を見ました。

「もし、この作戦が上手くいって〈光全クラブ〉に入り込めたとしたならば、サチさん」

「はい」

「申し訳ないが、かなり重要な役目をしてもらわなきゃならないな」

何でしょう。もちろん、わたしの両親を探すためなのですから、何でもするつもりではいますけど。

「〈光全クラブ〉の内部をよく知っているのは、サチさん一人だからね」

「え？」

お父様の顔が曇りました。

「元は、東集済《とうしゅうざい》様のお屋敷なのだよ。そこは」

驚きました。

「叔父《おじ》様の」

あの豪華絢爛《ごうかけんらん》な邸宅が、そんなことに。

終章　〈My Blue Heaven〉

一

銀座辺りの復興は目覚ましいものと聞いてはいましたが、本当でした。たくさんの車やリヤカァが行き交い、大勢の人が集まってきています。なんでもつい先日に、商店街の方々で復興祭りが行われて、相当に賑《にぎ》やかだったそうです。

久しぶりの銀座。接収されたビルも多いようですけど、伊東屋さんが営業を再開していたり、ライオンや三越も改修中のようです。

四丁目の交差点の真ん中では、日本の警察官の方とMPの方が一緒になって交通整理をしていました。あれは、お互いに何か決めごとでもあるんでしょうかと不思議に思って眺めてしまいました。

「おい、かずみ、先に行くなよ。はぐれちまうぞ」

勘一さんとかずみちゃんと三人で、銀座の歩道を歩いていました。暖かい日で陽気に誘われたのか、そぞろ歩く人たちの数も多く、皆が笑顔のような気がします。

「お、〈望郷〉なんかやってたんだなぁ」

勘一さんが、壁に貼《は》ってあった映画のポスターを眺めて言いました。確か、フランス映画です。

「ジャン・ギャバンですよね」

「おお、そうよ。あいつはいい役者だよな。けっこう好きだぜ」

がらっぱちに見えてしまう勘一さんですけど、音楽から芸術から映画から本当に色んなものに興味を示し、それを吸収しています。古本屋さんというのは色んな文化が詰まった本を扱うわけですから、それなりに知識がないと目利きもできないんでしょう。

「そこだ、そこの小路《こうじ》を入るんだ」

ほんのひとつの角を回ると、そこにたくさんのバラックがありました。表通りの喧騒《けんそう》とはまた別の賑やかさです。そこからまた一つ角を回ると、今度はビルの裏側です。ぽっかりと空いた土地があったり、まだ崩れたビルがあったりと、復興の陰の姿を見せています。

勘一さんが、並んだ倉庫の前で立ち止まりました。

「こいつだな」

「ここですか」

全く人生はどこでどうなるか判《わか》らないと悟ったはずなのに、まだまだわたしは子供です。

まさか自分がジャズ・バンドでピアノを弾くことになろうとは思いもしませんでした。目立っては拙《まず》いということで、練習は音の漏れない人気《ひとけ》のないところをジョーさんが見つけてきました。それが、この銀座の真ん中にあるレンガ造りの倉庫です。

あまり出入りしているところを見られても困る、ということで、十日ばかり皆でここに泊まり込んで練習をすることになりました。

お店の方はお父様とお母さんの二人きりです。

ご近所の方には、わたしと勘一さんはかずみちゃんを連れて、横浜の実家を訪ねて旅行中。マリアさんもジョーさんも所用でしばらく空けるということにしました。十郎さんは元々姿をあまり見せないようにはしていたので、さほど問題はないだろうと。

「しかしまぁ」

勘一さんが腕組みして倉庫の中を見回しました。その隣でかずみちゃんも真似《まね》して腕組みします。マリアさんと十郎さんとジョーさんは、ここで生活するのに必要なものを調達しに出かけていて、後からやってくるはずです。

「判っちゃいたけど、感心するな」

「本当に」

ジョーさんたちの力です。倉庫の中には、真新しい楽器がずらりと並んでいます。ピアノにウッドベースにドラムスにテナーサックス。しかもステージまで組まれて、マイクの用意もしてあるのです。何もかもジョーさんがあっという間に手配してしまいました。

さらには、人が近づかないようにと、マリアさんを守る屈強な方々が四六時中倉庫の周りを見張るとか。まさに至れり尽くせりです。

倉庫の中はどうやらガスが通っているようで、ヒーターが音を立てていました。着ていた外套《がいとう》なんかを脱いで、三人で用意されていたソファに座りました。かずみちゃんが端っこに座ったので、わたしと勘一さんが並びます。

もうそうして本当の夫婦のように寄り添うのにも慣れてしまいました。

「こいつも立派なもんだな」

本当です。茶色の革張りのそれは、三人で並んで座ってもまだ余裕があります。わたしの実家の応接室にあったものより立派なぐらいです。

「お金は、どうするんでしょう」

心配です。堀田家が元財閥とはいえ、今現在は、生活には困らない程度で、それほど裕福なわけではありません。ジョーさんも貿易の仕事をしているとはいっても、そんなにお金持ちとは思えないんですが。

勘一さんはにこっと笑います。

「心配いらねぇよ。何もかも片がついたらよ。蔵書売り払ってでもちゃんと清算するさ」

胸が痛みます。わたしのためにです。どんなに親切にされても、わたしが返せるものなど何もないのですから。勘一さんがわたしの表情を読み取ったのでしょうか。慌てて言いました。

「だからよぉ、サチのお父さんと親父《おやじ》は親友なんだからよ。親友の娘のために何かするのは、なんでもねぇことだって。そんな顔をするなって」

何度も言われてきたことなんですが、矢張《やは》り胸が痛みます。俯《うつむ》いていると、かずみちゃんがぴょんとソファを降りてわたしの前に立ち、手を取りました。

「何？」

「サチお姉ちゃんが、本当の家族になっちゃえばいいんだよ」

ニコッと笑います。

「え？」

かずみちゃん、勘一さんの手を持って、わたしの手の上に載せました。振り払うわけにもいかずに、わたしも勘一さんもそのまま動けませんでした。

「本当に結婚して、本当の夫婦になっちゃえばいいの」

勘一さんが眼を白黒させました。かずみちゃんは笑顔のまま続けます。

「ジョーちゃんが言ってたよ」

「何をでぇ」

「男と女の間の借金は、結婚しちまえば何もかもチャラだって」

「あの野郎！」

子供に何てこと教えるんでぇ！　と勘一さんが怒りました。わたしは可笑《おか》しくなって、つい笑ってしまったんですけど。

「笑いごっちゃねぇよ」

「ごめんなさい」

でも。

「でも」

うん？　と勘一さんがわたしを見ました。

「もし、もしですよ」

「うん」

言えるでしょうか。

「この、ごたごたした事が何もかも終わって、全てが丸く収まったとして」

「おう」

「その後も、堀田のお家に居たいというのは、我儘《わがまま》でしょうか」

勘一さんが、まるでお地蔵さんのように動かなくなってしまいました。かずみちゃんが眼を真ん丸くして顔を輝かせて、勘一さんの手をバチバチ叩《たた》きます。

「痛《いて》ぇよかずみ」

「勘一ぃ！」

「いや、ま、その、何だ」

わたしの手の甲に載っていた勘一さんの手のひらが、何だか熱くなっています。

「そりゃあ」

わたしを見ました。顔が真っ赤になっています。まともに眼を見られなくてわたしは俯いていたんですけど、耳が真っ赤になってるのが判りました。自分で言い出したことですけど、とても、恥ずかしいです。

「居たいなら、歓迎するぜ」

突然、がばっ、と勘一さんが立ち上がりました。だだだっと走って、ジョーさんが用意してくれたピアノの前まで行くと、鍵盤《けんばん》の蓋《ふた》を開きます。

「俺《おれ》もな。多少は弾けるんだぜ」

椅子《いす》に座って、両手を鍵盤の上に載せて、その指が動き出しました。ピアノの音が倉庫の中に響き渡ります。

「あ」

かずみちゃんがぴょん、と飛んで、歌い出します。

「ゆうぐれにー、あおぎみるー、かがやくー、あーおーぞらー。ひくれてー、たどるはーわがやのー、ほーそーみちー」

〈My Blue Heaven〉です。アメリカの有名な歌ですが、日本でも『私の青空』というタイトルでレコードも出され、誰もが歌えるとても楽しい歌です。勘一さんは、あまりピアノは上手《うま》くはないようですけど、飛び跳ねるような弾き方がこの曲にはよく似合います。

かずみちゃんは本当に歌が上手です。誰かの真似ではなく、自分の歌い方で歌えるというのは、才能なんでしょう。

そこに、鉄製のドアが開く音がして、十郎さんとジョーさんとマリアさんが帰ってきました。

荷物をたくさん抱えていましたけど、勘一さんがピアノを弾き、かずみちゃんが歌っているのを見て、皆が顔をほころばせました。

「せーまーいながらもたのしいわがやー。あいのひかげのさすところー、こいしいー、いえこそー、わたしのーあーおーぞらー」

荷物を置いて、ジョーさんがサックスを取りだし、間奏のところから見事な音を響かせました。十郎さんがドラムスの前に座り、スティックを振り出すと切れのいいリズムを響かせます。勘一さんがわたしを手招きしました。慌てて走っていって勘一さんの隣に座り、腕をからませるようにしてピアノを交代しました。勘一さんが、ベースを構えて弦を弾《はじ》かせます。

マリアさんが、ゆったりというふうに動き、かずみちゃんの肩を抱きました。

「When whippoorwills call and ev'ning is nigh

I hurry to My Blue Heaven」

見事な発音で、艶《つや》やかなボーカルが響き出しました。かずみちゃんもまだつたない英語ですが、それに合わせて歌い出します。

「A turn to the right, a little white light

Will lead you to My Blue Heaven」

心が、沸き立ってきます。ピアノを弾くのは本当に久しぶりです。それに、こんなリズムで弾くのは初めてです。

跳ねるように、踊るように、指が鍵盤を叩いていきます。クラシックとはまるで違う、そう、ファンキーな音楽です。

「You'll see a smiling face, a fire place, a cozy room

A little nest that's nestled where the roses bloom
Just Mollie and me and baby makes three
We're happy in My Blue Heaven
So happy in My Blue Heaven
Yeah, we're happy in My Blue Heaven!」

どうしてこんなにも音楽は人の心を楽しくさせるのでしょう。この曲は確かアメリカの作曲家が作った歌です。どんなに憎み合い、殺し合ったとしても、敵として戦った国の曲であろうとも、こんなにも楽しく嬉《うれ》しく感じられるんです。

わたしは、それが人の本質なのではないかと思うんです。美しいものを、同じように美しいと感じられる。素晴らしいものを、同じように素晴らしいと思える。

このままいつまでも、こうして皆と演奏していたい。そう思っていました。

二

「ふぅ」

ステージから楽屋への階段を降りると、ジョーさんの溜息《ためいき》が聞こえました。お疲れさまー、とどなたかの声が楽屋に響いて、勘一さんが「おう！」と声を上げます。ジョーさんも十郎さんもマリアさんも、そしてかずみちゃんもニコッと笑顔を返しました。

〈TOKYO BANDWAGON〉の今夜のステージが終わりました。

「ハイ、かずみちゃん、きょうの、さしいれです」

この基地のクラブで、わたしたちの世話係をしてくれているブルーノ軍曹さんが、かずみちゃんに茶色い紙袋を四つも渡しました。

「ありがとう！」

中身はいつもたくさんのお菓子です。チョコレートやガムやクッキー、ココアやドーナッツなどもあります。演奏を聴きに来た米兵の皆さんから、本当にたくさんいただくものですから、最近の〈東京バンドワゴン〉は、近所の小さい子供たちの溜《た》まり場になってしまいました。とても食べ切れないので、皆におすそわけするのが習慣になってしまったんです。

「たまにはお酒でも入っていればいいのにねぇ」

マリアさんが笑って、袋の中からドーナッツの入った箱を取り出し、ひとつ抓《つま》んで口の中に入れました。

「しょうがないですねぇ。皆さん、かずみちゃんの大ファンですからねぇ」

十郎さんがそう言って微笑《ほほえ》み、ジョーさんが、汗をかいたシャツを脱ぎ頷《うなず》きながら言いました。

「皆、好きで日本に来てるわけじゃないからな」

うん？　と勘一さんが顔を向けます。ジョーさんがひょいと肩を竦《すく》めます。

「子供を本国に置いてきている連中も多い。かずみちゃんが歌ってるのを見て、自分の子供を思い出しているんじゃないのかな」

わたしも、そうなんだろうなぁと思っていました。現にかずみちゃんが、〈My Bonnie〉という歌などをスローバラードで歌うと、思わず泣き出してしまう兵隊さんも居るんです。

あぁ、そうねぇ、とマリアさんが言いました。

「そんなつもりで組んだバンドじゃないけどさ」

マリアさん、少しだけしんみりとした表情で言いました。

「日本人もアメリカ人も関係なしに、音楽で少しでも人の心をあったかく出来れば、それはそれでいいわねぇ」

そうですね。本当にそう思います。音楽に国境はありません。こうして、日本人のわたしたちがジャズ・ナンバーを演奏しても、それが胸を打つものであれば、たくさんの外国の方が拍手をしてくれるのです。

勘一さんが、ぽん、とわたしの肩を叩きました。

「さぁて、帰ろうかい」

これからトラックに乗って、東京の我が家まで帰ります。時刻は十時を回ってしまいましたので、着くのは夜中です。子供のかずみちゃんには教育上よろしくない、と思っているんですけど、すっかり人気者になってしまったかずみちゃんをこのバンドから外すわけにはいきません。

「さ、出発しますぜー」

運転席の海坊主さんが、声を掛けます。楽器などの荷物を全て積み込みました。椅子を置いたりマットレスを敷き詰めたりして、快適に過ごせるように荷台を改造したトラックのエンジンが掛かりました。

「かずみ、寝てなさい」

「はーい」

マリアさんに言われて、かずみちゃんはマットレスに横になり毛布を被《かぶ》ります。勘一さんがわたしとマリアさんにも毛布を渡してくれて、自分はジョーさん、十郎さんと三人で荷台の入口の方に陣取りました。

これから、横浜の夜の道をひた走って、東京に帰るんです。

わたしたちのジャズ・バンド〈TOKYO BANDWAGON〉が、日比谷の帝国劇場で、ロッパさんのステージに飛び入り参加したのは一ヶ月前。練習の甲斐《かい》あってか、非常にたくさんの拍手をいただきました。

元々のマリアさんの人気もあったんですけど、やっぱり注目を集めたのはかずみちゃんでした。まだ十歳のかずみちゃんが、スキャットや可愛らしい仕草で、ジャズ・ナンバーを見事に歌いこなし、堂々とマリアさんとのツインボーカルを務めたんです。人気が出ないはずがありません。

次の日から、〈東京バンドワゴン〉には、本の注文ではなく、バンドの出演依頼がどんどん舞い込んで、お父様も苦笑していました。

「マネージャーをつけなきゃならないな」

それには、マリアさんがまかせて頂戴《ちょうだい》と声を上げました。一度我が家にやってこられた、あの海坊主のような方のことでした。

「用心棒も一人二人つけておくから」

それで、常に三人の方がマネージャーとして一緒に動くことになったんです。それぞれ、海坊主さんに、お名前は判りません。教えていただけませんでしたので、それぞれ、海坊主さんに、山坊主さんに、川坊主さんです。実際、三人とも坊主頭なのです。そして、相当に怖い顔をしていらっしゃるのですが、わたしたちにはとても紳士的に優しく接してくれます。かずみちゃんなどは、「海さん、山さん、川さん」と呼んで、すっかり仲良しになっているんです。

実は、こういうジャズ・バンドを組み、あちこちのクラブなどで演奏するのには、なかなか難しいシステムが存在するそうです。所謂《いわゆる》〈呼び屋〉と呼ばれる方々の存在です。

「まぁ、サチは知らなくてもいい連中ばかりさ」

勘一さんは、そう言います。ジョーさんも頷いていました。

「俺が関わるような連中よりも、遥《はる》かに危ない連中も多いしな」

たとえば、ラジオなどでも活躍するような、人気のスターの皆さんの周りにも、そういう人たちがたくさん存在して、ああいう華やかな世界はかなり難しいことになっているそうです。

ただ、わたしたちは、マリアさんのお父様の存在や、ジョーさんの顔などで繫《つな》ぎというものをつけて、上手くやっているそうなのです。元々それで稼ぐつもりはないのですから、衝突も少ないとか。

「私にもその辺は手を出せないですからねぇ」

十郎さんはそう言って苦笑いしていました。

＊

いくらそういうお話がたくさん来ていると言っても、そうそう夜毎《よごと》に演奏に行くわけにもいきません。お店の方の仕事もありますし、何よりかずみちゃんはまだ小さいんですから。

それに、マリアさんが言っていました。

「ちょっと人気が出て、すっ、と少し引っ込んで、そしてまた出た方がいいのよ」

その方が効果的に噂《うわさ》が流れて、ヘンリー・アンダーソンの耳にも入りやすくなるんだとか。成程《なるほど》、と頷いたものです。

今日はステージはありません。何日かは様子を見るとジョーさんも言っていました。いつものように、お店の帳場にはお父様が座り、勘一さんと十郎さんは蔵の中を片付けたりしています。

わたしはお母さんと二人でお家の片付けごとです。かずみちゃんは学校に行っています。

朝からちょっと気にしていたのですが、お母さんが咳《せき》をしていたのです。今も、押入れを片付けていたのですが、苦しそうに咳を何度かしました。

「大丈夫ですか？」

お母さんは、胸の辺りを押さえながら微笑みます。そう思って考えてみれば、二、三日前からお母さんは少し具合が悪そうでした。

「何かしらね、風邪《かぜ》って感じでもないのよね」

埃《ほこり》にでもあたってしまったのかしら、と言います。蔵の掃除をしているときなど、厚く積もった埃にやられて、咳が止まらなくなるときがあります。そういうものかしらと。

「でもお母さん、顔が赤いような気がします」

「そう？」

お母さんが頰《ほお》に手を当てます。

「あら」

本当ね、と呟《つぶや》きました。

「冷たい手が気持ち良いわ」

熱でもあるのかもしれません。すっかり春の陽気になったとは言っても、気を許してうっかり風邪を引くことも多い季節です。お昼ご飯を食べたら少し横になってもらうことにしました。

「お昼は、おうどんにしましょうか」

「そうね、いいわね」

温かいうどんに、七味を入れて身体《からだ》を温めるのがいいと思います。勘一さんなどは、本当にこれでもかというぐらい七味を入れるんです。あれではおだしの味も消えてしまうと思うんですけど。

「ねぇ、サチさん」

「はい」

押入れの戸を閉めながら、お母さんがくすっと笑いました。

「なんですか？」

「私はね、サチさんのご両親は絶対にお元気にしていらっしゃると信じているの」

「はい」

もちろんです。わたしもそう信じています。

「それでね」

「はい」

「お二人揃《そろ》って、無事にこの家に来てもらえる日も、近いうちに必ずやって来ると思うのだけど、そのときにね」

「何でしょう」

またお母さんは、くすっと笑います。

「驚かないように、言っておきますけど、勘一はきっといきなり始めるわよ」

「何をですか？」

すっ、と両手を揃えて畳につける仕草をしました。

「お嬢さんを、僕にください！　って」

「まぁ」

お母さんは悪戯《いたずら》っぽく微笑み、わたしの頬は真っ赤になってしまいました。

「あの子はあの通り気が短いから、絶対に、間なんかおかないから。そのつもりでいて頂戴ね」

何と言っていいか判らずに、わたしはただ頷いてしまいました。お母さんも嬉しそうに頷いて、さて、と立ち上がったときです。

「あっ」

「お母さん？」

急に力が抜けたように、膝《ひざ》を突いてしまいました。そのまま、苦しそうに顔を歪《ゆが》めます。

「お母さん!?」

様子が変です。

「お母さん？　どうしました？」

声が出ないようです。苦しそうです。わたしは慌てて廊下に出て、窓から勘一さんを呼びました。

「勘一さん！　勘一さん！」

蔵から、慌てた様子で勘一さんが出てきて、わたしを見上げました。

「どうした！」

「お母さんが！」

お店の方はマリアさんにお任せして、お父様と勘一さん、ジョーさん、十郎さんと一緒に病院に来ました。ジョーさんと十郎さんも一緒に来たのは、もちろんわたしを守るためです。

廊下の長椅子に座り、皆で無言で待っていました。お父様と勘一さんはお医者様と部屋の中でお話をしているのです。

「大丈夫ですよぉ」

気づかないうちに、手を握りしめていたようです。十郎さんが微笑んでわたしの手をぽんぽんと軽く叩きました。

「美稲さん、強い人だから」

ジョーさんもそう言い、唇を結びました。ジョーさんは、まだ十代の少年の頃からお父様やお母さんとお付き合いがあります。

以前に言っていました。既に父も母も居ないと思っていたので、本当の両親のようにも思っていたと。それぐらい、優しくしてもらっていたと。

「いつだったかな」

落ち着いた声で、ジョーさんが言います。

「まだ十七、八の頃だったかな。俺はもういっぱしの裏街道の人間のつもりでいたんだけどさ」

冬の、寒い日だったそうです。お父様に用事があって〈東京バンドワゴン〉を訪れたジョーさん。用事を済ませたら帰るつもりでいたのですが、寒いんだから上がってお茶でも飲んでいきなさい、とお母さんに呼ばれたそうです。

「居間に座ってさ、あったかい甘酒をもらったんだ」

身体も温まり、帰ろうとするとお母さんは、毛糸の手袋をジョーさんに渡したそうです。

「いつも洒落《しゃれ》た格好をしてるけど、どうにも寒そうだって笑ってさ。有り難くいただいておいたけど、スーツに手編みの手袋はどうにも格好つかないでしょう」

そのままポケットにしまい込んで、夜の街へ繰り出し、ひょんなことから柄の悪い人たちと諍《いさか》いになったそうです。

「大暴れしてさ。こっちも相当やったけど多勢に無勢で」

気がつくと、路地裏で気を失っていたそうです。財布も取られ、立派な革靴も持っていかれ、スーツもボロボロになっていて、しかも雪が降っていたそうです。寒くて、凍えそうでした。

「ヤバい、死ぬなと思ったら、ポケットだけは妙に温かいんだ。何かと思って手を入れたら、美稲さんから貰《もら》った手袋は取られずにそこにあった」

本当に、温かかったそうです。ジョーさんはそれを取り出し、あちこちに血が滲《にじ》む手を入れました。

「あったかくてさ、かじかんだ指がどんどん温まってきてさ、その手で顔を覆ったらほっぺたもどんどん温まってきて、あの家の様子が浮かんできてさ。何だか涙が滲んできちまった。何やってんだか俺はって」

少しだけジョーさんの瞳《ひとみ》が潤んでいました。そんなことがあったんですね。

「その手袋は？」

十郎さんが訊《き》くと、ジョーさんは苦笑しました。

「今も大事に取ってあるよ。ただ、もうくたくたであんまり温かくないんだけどね」

「編み直してもらいましょう」

わたしは、言いました。

「今年の冬が来る前に、お母さんにもう一度」

ジョーさんが微笑みます。

「そうだな。我儘言おうかな」

皆で、お父様と勘一さんがお話を聞いている部屋の扉を見つめました。そのときに、かちゃりと音がして扉が開きました。お父様と勘一さんが出てきました。

「勘一さん」

こちらを見て、頷きます。

「大丈夫」

お母さんは当分の間入院することになり、お父様と十郎さんを残してわたしと勘一さんとジョーさんは家に戻りました。急いで入院のための細々したものを揃えて、もう一度病院へ向かいます。家に着くと、マリアさんとかずみちゃんが飛び出してきました。

「どうだったの？」

勘一さんが、まぁ落ち着けと手を拡《ひろ》げました。

「今のところ、命に別状はねぇよ」

「今のところ、って何なのよ！」

溜息が出ました。

「判らねぇ」

「判らないって？」

かずみちゃんが、泣きそうになっていました。

「原因がさっぱり判らねぇんだ。これから詳しい検査をすることになるんだが」

勘一さん、わたしたちの顔を見回しました。

「医者はもちろん、はっきりした原因が判らねぇと何も言えねぇ。親父の前じゃ俺も言えなかったけどよ。あの人は、おふくろを、とことん愛してるからよ」

「何だよ勘一、はっきり言えよ」

ジョーさんが言いました。勘一さんは、もちろんまだ学生の身分ですが医学を志した人です。お医者様の口ぶりから何か察したんでしょうか。

「血液の病気じゃねぇかって思う」

「血液の病気って」

それはとても重い病気ではないでしょうか。

「おふくろは健康そのものだったしな。それが急にあんなふうになるなんてのは、急性の何かなんだろう。確か、二、三日前から少しだけ具合が悪そうだったんだよな？」

「そうです。ちょっとしたことですけど、めまいがした、とかちょっと熱っぽいとか」

勘一さん、むぅ、と頷きます。

「何となく症状は当てはまる。もちろん、まだ全然判らねぇよ？　あっさり治る軽い病気かも知れねぇ」

「わたしが」

もっと早く気づいていれば。そう言うとマリアさんがわたしの手を握りました。

「そんなことない。そんなふうに考えない！」

「そうだぜサチ。それよりよ。今こんなふうに最悪の場合のことをわざわざ皆に話したのはよ。心の準備をしておいてほしいからなんでぇ」

「こころの、じゅんび？」

かずみちゃんが訊きました。勘一さん、まだ立ったままの皆に、まぁ座れと言います。皆が座卓の周りに座りました。

「親父はな、頼りになる男だって思ってる。実際そういう人だよ。親父としても男としても大したもんだって思ってるけど、実は脆《もろ》いところもあるんだ」

「あ」

ジョーさんです。何か知っているんでしょうか。

「妹さんのことか」

勘一さん、大きく頷きました。戦争で亡くなった勘一さんの妹さんですね。

「身内に何か起こると、あの人は途端に脆くなっちまうのさ。それは、妹の件で俺は身にしみて判った。それは別に悪いこっちゃねぇ。人間なら当たり前さ。でも、今我が家はこんなときだし。だからよ」

マリアさんが頷きました。

「草平さんは、もう今日から戦力外になると思って行動してくれってことね？」

「そういうこった。ジョー」

「おう」

「お前さんのボスによ、事情を説明しといてくれや。親父の洞察力は当面役に立たねぇから、上手く我が家にアドバイスしてくれって」

「判った」

ジョーさん、これからすぐ連絡を取りに向かうと言いました。

「あの人も、美稲さんとは古い付き合いだからな」

「サチ」

「はい」

勘一さん、わたしに向かって頭を下げました。

「たぶん、もう今から、この家を陰で支えるのは、お前の仕事になっちまうと思う。済まねぇが、おふくろが帰ってくるまでよろしく頼む」

そう言われて、頭を下げられて、わたしの中の何かがむくむくと頭を擡《もた》げてきました。

わたしは〈動ぜずのサッちゃん〉です。

そして。

「勘一さん」

「おう」

「何を言ってるんですか」

「何って」

「それは、当たり前です！」

少し強い口調になってしまいました。

勘一さんもマリアさんもジョーさんもかずみちゃんも、少し驚いた顔をしています。

「わたしは、堀田家の嫁です！　あなたの妻です！　どうして頭を下げる必要があるんですか。お母さんが居ないときに、その代わりをこなしてみせるのは当たり前のことです！」

「お、おう」

「そんなしみったれたふうにしていては、帰ってきたときにお母さんに怒られます。さぁ！」

わたしは立ち上がりました。

「やることはたくさんあるんですよ。わたしはお母さんの着替えをまとめます。かずみちゃん、手伝ってね」

「うん！」

「勘一さんはお店の方をお願いします。ジョーさん、ブアイソーさんのところへ向かうのですね？」

「あぁ、もちろん」

「では、すぐに荷物をまとめますので、病院まで車に一緒に乗せていってください。お願いします」

ジョーさんが、何故《なぜ》か面食らったような顔をして、頷きました。

「サッちゃん」

マリアさんです。

「はい」

突然、マリアさんが満面の笑みで抱きついてきました。何でしょう何でしょう。

「やっぱりサッちゃん良いわぁ！」

アタシも病院に一緒に行くよぉ、とマリアさんが言いました。

三

お母さんが入院することになって、我が家の日常も少しだけ変わってしまいました。

お母さんが今までしてきたことを、もちろんわたしが拙《つたな》いながらも務めます。皆さんのご飯の支度からお掃除から何から何まで。かずみちゃんも手伝ってくれますし、もちろんマリアさんも。

その分、お店の仕事は手伝えなくなってしまいますが、勘一さんは、サチが来る前はそうだったんだから問題ねぇよと言ってくれました。

ただ、お父様が病院でお母さんに付きっきりになってしまいました。心配で心配で、何も手に付かないようです。勘一さんの言うように、人間として、男性として完璧《かんぺき》に思えたお父様にもそういう面があったのです。

「まぁ、心配はいらねぇよ。もう少しして、病状がはっきり判ってくるようになれば、段々と元に戻ってくるからよ」

勘一さんはそう言いました。

とは言っても、矢張りお父様が居ない中で、わたしたちのバンド活動は制限されてしまいました。正直なところ、わたしもお母さんのことが心配でとてもあの華やかで賑やかな世界で、ピアノを弾く気持ちにはなれません。

ですが、それは即ち、わたしの両親のことを探るために、ヘンリー・アンダーソンに近づく算段が上手く行かなくなるということで、葛藤《かっとう》のようなものもありました。

ただ、今さら焦ってもしょうがありません。

「しっかり、宣伝はしてるからさ」

マリアさんが、晩ご飯を食べているときに言いました。

「宣伝？」

大きく頷きます。

「ちょっとお休みしているけど、〈TOKYO BANDWAGON〉はいつでもどこでも演奏するってね」

「しかしよぉ」

勘一さんが言いました。

「その、アンダーソンが裏でやってる〈光全クラブ〉ってのは、その、そういうもんなんだろ？」

「そういうものね」

かずみちゃんも美味《おい》しそうにご飯を食べているので、ごまかして喋《しゃべ》ります。

「そういうところによ、かずみを連れて行くってのも、今更だけどよ」

「あら」

マリアさんは笑います。

「何言ってんのよ。そういうのは、もちろん裏側じゃない。表向きにはちゃんとしたクラブよ。ステージなんかも立派に出来てるって話よ」

東集済の叔父《おじ》様のお屋敷ですね。わたしがちょっと考えた顔をしたのが判ったのか、マリアさんが訊いてきました。

「どうサッちゃん、その叔父様のお屋敷で、そういうステージなんか出来そうなの？」

出来ると思います。

「大広間がありますから」

あそこなら、ステージを置いたとしても、客席のスペースは充分にあると思います。

「元々、そこで舞踏会なんかも行われてましたから」何の問題もないと思いますよ」

「だからこそ、あそこを使ったんでしょうねぇ」

十郎さんです。十郎さんも情報部の人間として、そういうお屋敷などは全て把握していると言っていました。

「ジャズ・クラブとしては豪勢過ぎるほどですねぇ、あの大広間は」

そのジャズのドラムスを巧みにこなしていた十郎さん。訊けば、アメリカに居たことがあり、そこで習得したとか。いつも和服が多い十郎さんですが、これでかなり音楽通ということが判りました。わたしには縁遠かったのですが、ジャズやブルーズと呼ばれる音楽には相当詳しく一家言を持っているようです。

まるでそんなことは考えていなかったのですが、ここに集まった皆さん、音楽に詳しい方ばっかりだったのですね。こういうのを、天祐《てんゆう》と言うのでしょうか。

からんからん、と、裏の庭の木戸の方で音がしました。これは、海坊主さんの合図ですね。マリアさんが、あら、と声を上げて縁側に立ちました。

「はい」

「いいよ」

海坊主さんが、のっそりと姿を現しました。

「どうしたの？」

「お食事中すいやせん。バンドの方でちょいと」

マリアさんが、まぁ座りなよ、と縁側に腰掛けました。海坊主さんも、腰をかがめながら歩いてきて、縁側に座りました。

「バンドはしばらくは出来ないって言ったじゃない」

「それが」

海坊主さん、にやりと笑いました。

「まさか！」

ジョーさんも十郎さんもがたりと音を立てて立ち上がりました。

「その、まさか、です」

「接触してきたの？　アンダーソンが！」

「へい」

パチン！　とジョーさんが指を鳴らしました。

「正確にはアンダーソンの下に居る、ジェリーっていう混血の男なんですがね。ぜひ〈TOKYO BANDWAGON〉に来てもらって、演奏してほしいと。場所はどこだと訊くと、諸事情でそれは言えない。向こうから案内の人間が来て、連れて行くと」

「間違いないじゃない！」

行けるのでしょうか。〈光全クラブ〉というところへ。東集済の叔父様のお屋敷に。

「ただ」

海坊主さん、顔を顰《しか》めました。

「ご招待出来るのは、あくまでもバンドメンバーだけだと。あっしらはそこには連れて行けねぇと言うんですよ」

「あら」

「もちろん身の安全は、米軍の誇りにかけて保障すると、言ってますがね」

マリアさんとジョーさんが顔を見合わせました。それからジョーさんは十郎さんを見ました。

「問題ないでしょうねぇ」

「あぁ、大丈夫だ」

「心配ないわ」

マリアさんとジョーさんと十郎さん。皆さんがそう言うと、本当に何も心配がないような気がしてきますから不思議です。

「すぐに渡りをつけて頂戴。いつでも結構ですから伺いますって」

「へい」

海坊主さん、すぐに帰っていってしまいました。

「いよいよかよ」

勘一さんです。

「そうだな」

「しっかり準備しなきゃなりませんねぇ。色々と打ち合わせも」

お母さんもお父様も居ない今。多少の不安はありますが、ようやくやってきたんです。

わたしの、父や母の安否を確かめる機会が。

「まずは」

勘一さんです。

「飯、食っちまおうぜ」

四

「男装の麗人！」

マリアさんがそう言ってケラケラと笑いました。

「似合うわぁサッちゃん。もう少し身長があったら宝塚でも行けたかもね」

「そんな」

これにはもう本当に恥ずかしくて頬が赤らんでしまいました。まるで自分の顔じゃないみたいです。マリアさんは本当にこういうことが上手なんだなぁと感心します。

「まぁこれで誰もピアノを弾いているのがサチだなんて思わねぇだろうよ」

そう言って微笑む勘一さんに頷きました。〈光全クラブ〉の楽屋、と言ってもわたしにしてみれば、小さい頃によくお邪魔した大広間の隣の貴賓室です。よくここで父たちがカードゲームなどに興じていたのを覚えています。

ヘンリー・アンダーソンの招待を受けて、〈光全クラブ〉にやってきたのは良いのですが、演奏を待っている方の中には、わたしのことを良く知る顔もたくさんあったのです。

そこで、これです。

わたしは男性用のスーツを身に纏《まと》い、目張りを入れたり頬に影を差したり髪の毛をポマードで固めたりして、さらに帽子を被って男装の麗人となったわけです。皆さんお酒も飲んでいるでしょうから、さすがにわたしだと判る人はいらっしゃらないでしょう。

「さて、確認しておこうぜ」

ジョーさんです。吊《つ》りバンドを引っ張ってパチンと鳴らして微笑みました。マリアさん、かずみちゃん、勘一さん、十郎さん、皆がテーブルのところに集まりました。念のためにひそひそ声で話します。

「ステージは二回。一回目のステージが終わった後に二十分休憩があるが、それだけの時間じゃどうしようもない」

皆が頷きました。問題は、そのステージ終了後です。実は既にお屋敷の外には、ジョーさんとマリアさんと十郎さんが仕込んだ、わたしたちの替え玉の方々が入り込んでいるのです。顔はそれほど似てはいませんが、姿形はそっくりです。暗がりではほとんど判らないでしょう。

「二回目のステージが終わった後、帰り際に裏口の植え込みの暗がりのところで素早く入れ替わる。家に帰り着くまで自由にはしてもらえないからな。もしそこで見破られたらしょうがない。勘一はマリアとサチさんを連れて強行突破で屋敷の中に入り込んでいく。かずみは身代わりの連中に頼んで逃がしてもらう。そして俺と十郎さんは」

十郎さんが頷きました。

「勘一とサチさんを守るために、騒ぎを起こす。いいな？」

本当に大丈夫なんでしょうか。そういう台詞《せりふ》は言いっこなしと勘一さんに釘《くぎ》を刺されたので言いませんが、お屋敷の中は屈強な兵隊さんたちがガードしています。もちろん、肩には機関銃が掛けられていました。

素手ならば、ジョーさんや十郎さんはもちろん、勘一さんやマリアさんも並みの方々かないません。

ならみ赤子の手を捻《ひね》るようなものだというのは判っています。でも、さすがに機関銃には

ジョーさんははっきりとは言いませんでしたが、拳銃《けんじゆう》を用意しているようです。マリアさんも十郎さんもそうです。できれば、できればそういうものを使わずに済むように、替え玉の人と上手く入れ替わって、誰にも悟られないように屋敷の中を探索できることを願うしかありません。

「さて、そろそろ時間だ。舞台は舞台。きっちりこなすぜ。お客さんに楽しんでもらえるようにな」

「おう！」

かずみちゃんが笑顔で腕を上げました。皆も笑って、それに合わせて腕を上げました。

「Ladies and Gentlemen!〈TOKYO BANDWAGON〉!」

華やかなスポットが、マリアさんとかずみちゃんに当たりました。

マリアさんが妖艶《ようえん》な微笑みを見せて、かずみちゃんが可愛らしくお辞儀をします。もうそれだけで、観客の方々は拍手喝采《はくしゆかつさい》でした。決死の覚悟を秘めて、父母を探すという目的はあったのですが、それでも、わたしたちは演奏を楽しもうと決めていました。

一度でも楽器を手にして、ステージに立って演奏してお客様に喜んでもらうという経

験をすると、その嬉しさは何にも代えがたいものがあります。仲間と一緒に、音楽という力で結ばれて、ひとつのことを成し遂げるというのは本当に嬉しく、楽しいものです。

緊張が指を硬くしますけど、すぐ近くに居る勘一さんが微笑んでくれました。リラックス！ というように片腕を上げてくれました。わたしも頷き微笑んで、手をぶらぶらと振ります。最初の曲は〈Take the "A" Train〉。わたしのピアノのソロから始まります。楽しく陽気な曲を盛り上げる最初の音。深呼吸して、そして、スマイル。

十郎さんと眼が合いました。スティックを叩いて、カウントを取ってくれました。わたしの指が鍵盤の上を軽やかに弾み始めます。何も考えずに、自然と笑顔になっていきます。

マリアさんの艶やかなボーカルに、かずみちゃんの可愛らしい声、ジョーさんの突き抜けるようなサックスと、重厚な十郎さんのドラムスに、軽やかな勘一さんのベース。そういう音に囲まれて、わたしはただただ楽しくピアノの鍵盤に指を滑らせます。

楽しいのです。

音楽というものは、ただひたすら楽しいのです。

いつまでもいつまでも、この時間が永遠に続けばいいと思い、皆が笑顔で演奏していました。

ステージの上からは、怪しまれないように、客席をなるべく見るなと言われていたので、一度しか見ませんでしたが、ヘンリー・アンダーソンは最前列の真ん中の席のところで楽しそうに笑っていたように思います。印象でしかありませんが、どこにでもいるようなアメリカ人という感じです。頭ひとつ突き出ていたので、背の高いアメリカ人の中でも、相当大きいのかもしれません。

その隣には、ジョーさんのお母様の顔も見えました。表情までは判りませんでしたが、身体が揺れていたように思いますからリズムを取っていたのかもしれません。ジョーさんは、お母様を眼の前にして、どういう気持ちで演奏していたのでしょう。

人それぞれいろんな事情があります。

それでも、こうして集まってくれた皆さんは、わたしのために力を尽くしてくれます。ステージが終わって、大喝采を浴びたときに潤んだ瞳は、決してお客様の拍手のせいだけではありませんでした。

＊

裏口から少し入ったところの階段の下に身を潜めました。そっと顔を上げて、壁にある小さな明かり取り窓から外を見ると、かずみちゃんと替え玉の人を乗せたトラックは、無事にお屋敷の門を出ていきました。上手くいきました。裏口で入れ替わったわたしたちはそのまま邸内に留《とど》まることができました。騒ぎは何も起こっていません。

家に帰っても、お父様が病院に行っていて誰も居ません。かずみちゃんが一人で可哀《かわい》相《そう》ですけど、海坊主さんたちがしっかりと守ってくれるはずです。

ほっ、と息を吐いたわたしの肩を、ポン、とマリアさんが叩きます。その後ろでは周囲に気を配りながらも、笑顔を見せる勘一さん、ジョーさん、十郎さんが居ます。

わたしが頷くと、勘一さんは眼でどっちだ？　と訊きました。

わたしは階段の正面の廊下の奥を指差します。大広間を中心にして左側の翼にかつて叔父様たちが使っていた部屋があります。その反対側の右に客間などがあります。

もし、父や母が軟禁されているのだとしたら、書斎や家族用の台所などもある左側なのではないかと見当をつけました。何よりこのお屋敷は今は男女の怪しげなことに使われているのです。だとしたらそれは客間のある右側の方でしょう。父や母がそちらに居るとは思えません。

最初にジョーさんと勘一さんが中腰のまま音もなく廊下を走り、先に立って周囲を見渡します。誰も居ないようであれば、わたしたちを呼びます。

わたしたちから十メートルほども離れた廊下の端にしゃがみ込んだジョーさんの腕が上がりました。わたしとマリアさんがそこまで走ります。十郎さんはいちばん後ろでわたしたちを守ってくれてます。

廊下はここで突き当たり、右と左に分かれます。ジョーさんは右か左かとジェスチャーで訊きました。わたしは左を指差します。進もうとしたところで、ジョーさんの動きが止まりました。

左側へ進んだ奥の方、兵隊さんの姿が薄暗がりの中に見えます。こちらに向かって歩いてくるようでした。わたしたちは慌てて角に身を隠します。

（どうする）

勘一さんが小声で訊きました。ジョーさんが、マリアさんに目配せして、二人でゆっくり立ち上がりました。そのままマリアさんはジョーさんの腕に手を回します。

酔って、迷い込んだ客を装うのです。これは打ち合わせ済みでした。上手くいくでしょうか。

二人はゆっくりと歩き出し、楽しそうに英語で会話を始めました。向こうの兵隊さんが慌てて動き出すのが判ります。怖くて思わず眼を閉じてしまいそうになりましたが、皆はわたしのためにこんな危険なことをしてくれているんです。しっかりと見ていなければなりません。

兵隊さんに声を掛けられたジョーさんの身体が、一瞬動いたかと思うと、眼の前の兵隊さんは音もなく崩れ落ちていき、ジョーさんはすかさずその身体を支えて床にゆっくり寝かせました。本当に眼にも留まらぬ速さです。〈稲妻のジョー〉の通り名の由来をわたしは初めて目《ま》の当たりにしたのです。

こっちへ来い、というジョーさんの合図でそこまですすっと動きました。

（ここは？）

すぐ近くの部屋をジョーさんは指差します。この部屋は、確か叔父様の書斎でした。勘一さんがそっとドアノブを回すと、鍵《かぎ》は開いているようです。慎重に中を覗《のぞ》き込み、電気も点《つ》いておらず誰もいないのを確認すると、兵隊さんを運び込み、皆で中に入りました。

十郎さんが兵隊さんにさるぐつわをはめ、手足を手際よく縛ります。これも実に鮮やかでわたしは驚いていました。矢張り、十郎さんも元陸軍情報部の方。そういうことに慣れているんでしょう。

「サチさん」

十郎さんが囁《ささや》くように言いました。

「はい」

「せっかく入ったから調べてみましょうかねぇ。この部屋に何かお父様の痕跡《こんせき》はありませんかねぇ」

十郎さんに言われて、暗がりの中、わたしはあちこちを見て回ります。月明かりと電気の点いた部屋から漏れる明かりでなんとか部屋の中は見通せます。窓のすぐ近くにある机に歩み寄ってみると、それをわたしはすぐに見つけました。

万年筆です。

「これは」

手に取って、窓のところまで持っていって月明かりにかざします。

「間違いありません。父のものです。名前が彫ってあります」

そう言うと、ジョーさんとマリアさんが寄ってきて、同じように確認しました。

〈五条辻政孝〉とキャップのところに金文字で彫られています。

「父の愛用しているものです。常に身に付けてましたから間違いないです！」

勘一さんが、うむ、と頷きました。少しわたしに向かって微笑んでくれました。思わず、口に手を当ててしまいました。何も考えないようにはしていたのですが、父が、ここに居るのです。母も一緒でしょう。これがここにあるということは、父はちゃんと生きていて、これを使っているのです。嗚咽《おえつ》が漏れないように堪《こら》えるのにわたしは必死でした。マリアさんがそっと背中を撫《な》でてくれました。

「これで確認されたってわけだ。ここにサチのご両親がいるってのが」

「そうだな」

そのとき、ドアのところで耳を澄ましていた十郎さんが素早く歩み寄ってきました。

「誰か来ます。何人かの気配ですよぉ！」

慌てて皆がドアのところに移動します。わたしも勘一さんに抱えられるようにして、ドアの脇《わき》のところにしゃがみ込みました。確かに、何人かの方の話し声が聞こえます。何か、騒いでいるようにも思えます。

「こいつがいないことに気づかれたか」

ジョーさんが床に伸びている兵隊さんを指差すと十郎さんも頷きます。

「随分早いですが、たまたまですかねぇ、それとも誰かが察したか」

「ヤバいぜ。騒ぎが大きくなってきた」

皆が、顔を見合わせ頷き合いました。

「勘一、サチさんを頼むぞ」

「おう」

「そこの窓から外に出られるでしょう。サチさん、そこから出て、裏門の方向は判りますね？」

「判りますけど」

勘一さんがわたしの手を引っ張って、窓のところへ行こうとします。でも、ジョーさんと十郎さんとマリアさんは。

「あの！」

ジョーさんは、ニヤッと笑いました。

「心配いりませんよ」

「早く逃げて」

「おまかせくださいねぇ」

マリアさんも十郎さんも、わたしを見て微笑みます。何をしようと言うのでしょう。

「逃げるのなら、皆で！」

「サチ！」

勘一さんが、両手でわたしの顔を挟み込むようにして、覗き込みました。

「おまえが捕まっちまったらどうしようもないんだ」

「でも」

父が居ることは、確かめられました。もうこれ以上ここに居ては、皆に迷惑を掛けてしまいます。勘一さんが強くわたしの肩を摑《つか》みました。

「あいつらが捕まっても、ただの強盗ってことで済ませられる。でも、おまえが捕まっちまうと事がややこしくなる。だから」

「だから、皆さんを置いて行くのですか」

「あいつらの覚悟をムダにするな！」

そんな。

「早く！　行け！」

ジョーさんの声が低く響きました。マリアさんがわざとでしょうか、陽気に笑って手を振りました。十郎さんはドアの前に立って何かを構えるような仕草をしています。勘一さんが窓を開けました。皆の方を振り返りました。勘一さんのこんな辛《つら》そうな顔を見たことがありません。ジョーさんが、行け、と手を振りました。その途端に十郎さんが大きな音を立ててドアを開け、勢いよく廊下へ飛び出していきました。マリアさんもジョーさんもそれに続きます。あっという間に皆の姿が見えなくなりました。

わたしは、勘一さんの手を握り、引っ張られながら走り、そして涙を流していました。どうか、どうか無事でいてくださいと祈ることしかできません。わたしのために、こんなわたしのために皆が。

「勘一さん！」

銃声が聞こえてきました。

何発も、何発も。

それでも、勘一さんは後ろを振り返らず、ひたすらわたしを引っ張って走り続けました。

五

ようやく家に、〈東京バンドワゴン〉に辿《たど》り着いた頃には、夜が白々と明けてきていました。海坊主さんが起きていて、わたしたちを待っていてくれました。

「かずみ嬢ちゃんは、すやすや寝ています。ご安心を」

ほっと一息つきましたが、わたしは、心配でたまりません。

「マリアさんたちが」

事情を話しても、海坊主さんは慌てることなく大きく頷きました。

「どうぞ、ご心配なく。姐《ねえ》さんはそんな簡単にやられるようなお人じゃありません。今は、風呂《ふろ》につかって身体を温めて、お眠りなさいまし。それがいちばんでさぁ」

「それがいい」

勘一さんも頷きます。このまま待っていても、身体がまいってしまう。それではどうしようもないと。眠れそうにもないと思いましたが、そうするしかありませんでした。

「寝て起きたら親父も交えてよ、今後のことを話そう」

勘一さんが優しく微笑んで、肩をそっと叩いてくれました。

何かの気配を感じて眼が覚めました。かずみちゃんの笑顔がすぐ近くにありました。

「あ、起きた」

「かずみちゃん」

眠れそうにもないと思いながらお湯をいただき布団に入ったのですが、矢張り極度の緊張が緩んだのか、寝てしまったようです。思わず飛び起きて柱時計を見ると、もうお昼近くになっていました。

「かずみちゃん、皆は！」

「大丈夫！」

慌てて着替えて下に降りて居間に行くと、皆が、そこでお茶を飲んでいました。ジョーさんもマリアさんも十郎さんも、何事もなかったかのように新聞を拡げたり煙草《たばこ》をふかしていたのです。

「なによぉ、サッちゃん、鳩《はと》が豆鉄砲食らったような顔して」

マリアさんが微笑みます。

「皆さん！　ご無事で」

思わずマリアさんの眼の前にぺたんと座り込み、その手を握ってしまいました。マリアさんがにこにこして、わたしの頬を優しく撫でてくれました。

「言ったでしょ？　大丈夫だって」

「あの程度のこと、運動会でかけっこに出るようなものですよ」

ジョーさんも煙草の灰を落としながら笑います。

「でも、銃声が」

十郎さんがお茶を飲んで、微笑みます。

「あんな場所でぇ、奴《やつ》らも無茶はできませんよぉ。それは私たちが威嚇《いかく》と攪乱《かくらん》のために撃った銃ですよぉきっと」

力が抜けてしまいました。

「良かった。良かった」

また涙が出てきてしまいました。

「泣き虫ねぇサッちゃん」

マリアさんが優しく肩を抱いてくれました。

「でもありがとね。そんなに心配してくれて」

そういえば、勘一さんの姿が見えません。

「勘一は、草平さんを病院まで迎えに行ってる」

「お父様を」

「ようやく証拠を手に入れたからね。これからどう動くか。ここからは草平さんと、ブアイソーに決めてもらわないと」

十郎さんも頷きました。

「高度に政治的な問題ですからねぇ。まぁ何はともあれ、皆無事だったんですから、一時気を休めましょう」

そうでした。泣いてなんかいられません。わたしがしっかりしないといけないのですから。

＊

夕ご飯の時間になって、ようやく勘一さんが戻ってきました。あまりの遅さに皆が心配していたのです。それに、お父様は一緒ではありませんでした。

「済まねぇな」

座卓につくと勘一さんは少しばかり疲れた顔を見せました。

「何かあったのか？」

ジョーさんが訊きます。

「いや、親父がな、そのままブアイソーさんのところまで行っちまったもんでな」

「そうなのか？」

わたしが持ってきたお茶を一口飲んで、勘一さんが頷きます。

「親父の野郎、あの万年筆を見せたら急にしゃきっとしやがってさ。おふくろの様子を見ていろと言い残して万年筆を持って出て行ったはいいけどなかなか戻ってきやがらねぇ。戻ってきたと思ったら今度は車を運転しろって言ってよ」

「どこへ行ってきたの？」

うむ、と首を少し捻りました。

「まぁ、あまり口に出して言えねぇところだ」

十郎さんが少し眼を細めます。

「あちらさんの本丸ですかねぇ」

勘一さん、腕組みして頷きました。

「ジョーよ」

「なんだ」

苦笑いして勘一さんが言いました。

「俺は今の今までブアイソーさんとまともに会ったことなかったんだけどよ。ありゃあ、大した人だな」

「今頃気づいたのか」

ジョーさんも少し笑いました。

「そこに居るだけで威圧感があるって人は、そうはいねぇ。しかもその威圧感が心地よいってのは、人格者なんだな。おめぇが心酔しきっているのもようやく理解できたぜ」

「納得してもらって嬉しいぜ」

マリアさんも十郎さんも頷きました。

「ブアイソーさんとお会いして、何を？」

わたしが訊きました。

「サチよ」

「はい」

勘一さんは少し身体を動かして、わたしの方を見ました。

「正念場を迎えたぜ」

「と、言いますと？」

皆もぐっと座卓に身を乗り出しました。

「ヘンリー・アンダーソンと直接会う」

十郎さんが思わずのけ反りました。

「直接ですかぁ」

「随分思い切ったな」

ジョーさんも驚いています。

「そんなことができるのですか？」

わたしは、ただの一国民です。ＧＨＱの幹部の方と直接だなんて。勘一さんはニヤッと笑いました。

「もっとも、会う約束をするのはブアイソーさんだ。かなり調整が難しいらしくてよ、今日明日ってわけには行かねぇが、一週間以内にはなんとかするって話だ。しかも、場所も俺らが入り込めやしないGHQの中じゃなく、ブアイソーさんの別荘で」

「別荘」

ジョーさんが頷いて言いました。

「葉山にある」

「表向きはな、ブアイソーさんとの密談のためだ。日本側の鍵を握る人物としてブアイソーさんは随分アンダーソンに声を掛けられていたらしいな。乗ってくるのは間違いないそうだ。そこにな、サチも行くんだ。そして、あの万年筆を持ち出して、直接アンダーソンにぶつかるのよ。父さん母さんを返してくれってな」

「それは」

マリアさんです。

「いくらなんでも」

そう言って勘一さんに詰め寄ったマリアさんを、ジョーさんが押しとどめました。

「いや、その方がいいだろうねぇ」

十郎さんも頷きました。

「何せあの〈箱〉を持っているのはサチさんですからねぇ。切り札を持つもの同士が対《たい》峙《じ》し合う方が話が早いでしょう。それにぃ、サチさんは軍人でも政府関係者でもない。親の心配をする一人の若い娘さんです。アンダーソンは逆に強く出られないでしょう」

そういうものでしょうか。勘一さんも大きく頷きました。

「これは、親父とブアイソーさんの結論だ。あの二人はよぉ、紳士だからな。勝算がない限り女子供に危ないこたぁさせねぇよ」

ニコッと笑う勘一さんに、わたしも頷きました。わたしは、堀田家の嫁です。お父様を、そして勘一さんを信頼しないで何を信じるというんでしょう。

六

わたしと勘一さん、ジョーさんが葉山にあるブアイソーさんの別荘に着いたときには、昼過ぎになっていました。アンダーソンがやってくるのは夜ということなので、先に着いてじっと息を潜めているという手筈《てはず》になっています。

アンダーソン側も、用心のために邸内をくまなく調査するはずなので、わたしたちはそのまま邸宅から離れた納屋に身を潜めていました。

お父様は、ブアイソーさんの友人で日本の財界の実力者だった三宮達吉の長男という触れ込みで一緒にアンダーソンに会うのです。ですから、あくまでも別行動で後からやってきます。

マリアさんは、かずみちゃんと一緒にお店を守ってくれています。十郎さんは本来の情報部としての役割と、わたしたちを裏からサポートするためにこれも別行動になりました。

あの〈箱〉は、しっかりと身に付けています。マリアさんがわたしのために作ってくれたチョッキを着てきました。

誰かに見られてはまずいので、窓のカーテンを閉め、そこにさらに毛布を張りました。ランプにも毛布をかぶせて、灯《あか》りが拡がらないようにして、わたしと勘一さんとジョーさんはただ静かにそのときを待っていました。

とはいっても、そこは古本屋が生業《なりわい》の勘一さんです。しっかりと何冊も本を持ってきていたので、端《はた》から見ると優雅とまではいきませんが、わたしたちはのんびりと部屋の中で読書を楽しんでいるように見えたかもしれません。

わたしも一応は本を開いていましたが、ただ眼で字を追っているだけで少しも頭に入ってきませんでした。

「ジョーさん」

小さな声で言います。

「なんですか」

「このことで、ブアイソーさんの、その立場が危うくなるようなことはないんでしょうか」

ブァイソーさんは、今現在日本とＧＨＱを繋ぐ重要な人物だということです。

「もし、そんなことになるのなら」

わたしは大変な迷惑を、迷惑どころかこの日本という国がとんでもない事態になってしまうのではないかと訊きました。ジョーさんは少し微笑んで首を横に振りました。

「大丈夫ですよ。ブァイソーは、温情家ではあるものの、実は血も凍るような冷静さを、むしろ冷酷さと言っていいものを秘めている。そういう二面性を持った人です」

「そうなのですか」

「俺たちなどとはとても比べ物にならないほどの見識を持った人です。今回のことも、どういう事態になろうと広い意味では国益になると判断したからこうしているんです」

勘一さんも頷きました。

「親父は博打《ばくち》は決して打たねぇ。打つときは、必ず勝つときさ」


いつの間にか、夜が更けていました。

緊張のためか、時間の感覚がありませんでした。用意しておいたおにぎりがいつの間にかなくなっていたので皆で食べたんでしょうけど、わたしは覚えていませんでした。

かたり、と床下で音がしました。ジョーさんと勘一さんがゆっくり立ち上がります。

床の一部が浮き上がり、そこから男の方が顔をのぞかせました。

「どうぞ」

　ここの納屋は、このように地下通路で母屋と繫がっているのです。こんな事態を想定したわけではなく、ただ単にブアイソーさんの子供じみた遊びだと聞きました。先にジョーさんが入り、次にわたし、最後に勘一さんが入ります。わたしも腰をかがめないと通れない通路ですので、背の高いジョーさんや勘一さんには歩きづらいでしょう。来るときにも一度通ったのですが、随分長く感じました。この通路は母屋の台所に続きます。

　梯子《はしご》を登って顔を出すと、古びた竈《かまど》が見えます。案内してくれた男の方はブアイソーさんの使用人ということですが、名前はお聞きしていません。無言のまま、わたしたちを案内してくれます。

　靴を脱ぎ、邸内に入ります。鄙《ひな》びた山荘といった趣のここは、それほど広くはありません。

　男の方が招き入れてくれた部屋には、誰も居ませんでした。男の方が視線を向けた先に、隣の部屋へ通じる扉があります。あの向こうに、アンダーソンとブアイソーさん、そしてお父様が居るのでしょうか。

　男の方は無言でその扉の前にそっと近寄りました。耳を近づけ、中から漏れる音を聴いているようです。小さく頷くと、わたしたちを手招きしました。

胸のポケットから、小さな紙片を取り出しました。

〈私がノックします。中から、どうぞ、という声が聞こえたら、ドアを開けてお入りください〉

わたしも勘一さんもジョーさんも、それを読み、頷きました。男の方ももう一度頷き、その手が扉をノックしました。

「どうぞ」

ブアイソーさんの声でしょうか。勘一さんが扉を開き、中に入って行きました。わたしがそれに続き、最後にジョーさんが入り、扉を閉めます。

部屋の中の楕円形《だえんけい》のテーブルには、四人の男性が席についていました。

ヘンリー・アンダーソンに、おそらくはお付きの方。

お父様に、そしてブアイソーさん。わたしは一瞬お父様とブアイソーさんがだぶるように見えました。どこか、雰囲気が似ていらっしゃいます。勘一さんがゆっくりとお辞儀をし、わたしとジョーさんもそれに倣《なら》いました。

『Who?』

アンダーソンが、小さく隣のお付きの方に囁くのが聞こえました。

『アンダーソンさん、どうぞそのままで。ご紹介しましょう』

ブアイソーさんが、これもまた見事なキングズ・イングリッシュで言いました。アンダーソンが頷いて、またわたしたちを見ました。

『左端の男は、私のためにいろいろ動いてくれているジョー・高崎です』

ジョーさんがもう一度お辞儀しました。

『貿易商をやっていましてね、便利な男です。きっとあなたのお役にも立てるでしょう』

アンダーソンが、にこりと微笑み軽く会釈しました。

『右端の男性は、こちらの堀田氏のご長男で、勘一くんです。医学生でもあるのですよ』

アンダーソンは、少し驚いた顔をして、先程より大きな笑みを見せて会釈しました。

それから、アンダーソンはわたしに眼を向けました。

『それから、ミセス堀田サチ。勘一くんの若妻です』

オゥ、というようにアンダーソンの口が開き、微笑みました。けれども、その顔が急に歪みます。少しテーブルに乗り出すようにして、わたしたちの顔を眼を細めて見つめます。お父様が、口を開きました。

『お気づきですか？　彼らはつい先日、〈光全クラブ〉で演奏した〈TOKYO BAND-WAGON〉のメンバーです』

アンダーソンの眉間《みけん》に皺《しわ》が寄りました。お父様が続けます。

『そして、堀田サチは、結婚前は五条辻咲智子でした。あなたが軟禁されている、五条辻氏の御息女です』

大きな音が部屋に響きました。アンダーソンが、急に立ち上がったせいで倒れた椅子の音です。

七

『アンダーソンさん』

ブアイソーさんが、お座りください、という仕草をしました。アンダーソンは、何も言いません。わたしの顔を凝視し、それから大きく息を吐いて、お付きの方が直した椅子に座りました。

『面白い趣向だ。ホッタさん、あなたは今は古本屋を経営しているということだったが、ジャパンの古本屋は、こういう演出も手掛けるのかね？』

もう落ち着いています。笑みさえ浮かんでいます。そういうところはさすがと言うべきなんでしょうか。

『必要とあらば。我が家の家訓故』

『カクン？』

お父様が、にこりと微笑みました。

『〈文化文明に関する些事《さじ》諸問題なら、如何《いか》なる事でも万事解決〉。世の森羅万象は書物に残されていきます。ならば、あらゆる書物を扱う古本屋は全てのことに通じているのが道理。どのような事象でもひとつひとつ解きほぐしていけばおのずと答えが知れます』

アンダーソンの唇が歪みました。

『何もかも判っていると言いたいのかね？』

『彼女の存在が、それを語っているでしょう』

お父様とブアイソーさんがそう判断したのなら危ないことは何もない、と勘一さんは言っていました。それでもわたしの身体は緊張で硬くなり、まるで足が床にくっついてしまったようでした。

お父様は、そっと手を伸ばして、さっきから眼の前に置いてあった万年筆を取り上げました。

あれは。

『アンダーソンさん。先程から私が使っていたこの万年筆。名前が彫ってあるのですよ』

お父様が、名前が彫ってある部分をアンダーソンの方に向けます。

『日本語なので読めないでしょうが、ここには〈五条辻政孝〉と彫ってあります』

アンダーソンは表情を変えません。じっとお父様を見つめています。

『そしてこれは、この連中が〈TOKYO BANDWAGON〉として、〈光全クラブ〉にお邪魔したときに、そこの書斎で見つけてきたものなのですよ』

わたしは思わず息を呑んでしまいました。隣に立ってじっと動かない勘一さんが、わたしの肘《ひじ》の辺りをそっと摑《つか》みました。動くな、ということなんでしょう。

お父様には、どういう考えがあるんでしょう。その事実を告げるというのはわたしたちが忍び込んで探してきたと言っているのと同じです。

そしてそれは、犯罪行為です。もしこの場にMPが居たのならば、すぐに呼ばれて、全員逮捕されてもおかしくありません。いえ、後からでもそれは可能でしょう。

でも、アンダーソンはほんの少し眉《まゆ》を顰めただけでした。

『エース』

エース？　アンダーソンにそう呼ばれたブアイソーさんが頭を少し動かします。ブアイソーさんは、〈エース〉と呼ばれているのでしょうか。

『なんでしょう』

『これは、取り引きを行おうということかね？　そして君たちに分があるとでも思っているのかな？　だとしたら私の、君への評価は過大だったと考え直さなければならないようなのだが』

『そうでしょうか？』

『どういう意味だね』

ブアイソーさんは、ニヤリと笑いました。

『あなたは確かに実力者だ。その気になれば何十人もの米兵を動かして私たちに圧力を掛けることができるでしょうが、今、この場には私たちしか居ないということですよ。そしてここは田舎《いなか》の山奥ということです。私の、勝手知ったるね』

アンダーソンの表情が変わりました。ブアイソーさんが、お父様の方をちらりと見て、お父様は頷きます。

『私の息子は、ジュードーが四段でしてね。そこらへんの人間ならぽいぽい投げ捨ててしまう。おまけに力も強い。さらには』

わたしを見て、微笑みました。

『愛する妻のためならば、その命を投げ出しても構わないという男です。戦争にも行きました』

『何が言いたいのだね』

『これがまた誰に似たのか実に肝の太い男でして。暴漢の一人や二人、正義のためならばぶち殺してそこらの野山に捨て置いてもなんとも思わない男です。私には無理なのですがね』

勘一さんが、ずい、と前に一歩出ました。これみよがしに首をぐるりと回します。両手の指を合わせて、ポキポキと音を立てました。少しオーバーな表現だとは思いますが事実だと思います。

『脅迫かね』

『いいえ』

お父様はにっこり微笑みます。

『事実を、申し上げたまでです』

アンダーソンの唇が歪みます。ブアイソーさんがわたしを見ました。

「サチさん」

優しい声です。

「はい！」

微笑んで頷きました。

「ご挨拶《あいさつ》もないままで申し訳ないのですが、お持ちの、あの〈箱〉を、ここに出してくれませんか」

〈箱〉を。

勘一さんもジョーさんもわたしを見ました。お父様が、ゆっくりと頷きました。わたしは、チョッキを脱いで、背中に仕込んである〈箱〉を取り出しました。

あの日から、ずっとここにしまい込んでおいた〈箱〉。寄せ木細工のような表面が、天井のシャンデリアからの光に照らされて光りました。

「テーブルの上に置いてください。大丈夫です」

わたしが〈箱〉をテーブルの上に置くと、ブアイソーさんが言いました。

『アンダーソンさん。これが、噂の〈箱〉です』

アンダーソンが息を呑みました。

『あなたは、この〈箱〉の中身をいち早く知り、その所有者である五条辻氏を軟禁した。〈箱〉自体の奪取には残念ながら失敗しましたが』

その中身は、まだ誰も見たことがありません。

『何を言っているのか、まだよく判らないな。軟禁とは何のことだね？』

ニヤリと笑うアンダーソンに、ブアイソーさんはジョーさんを見て、軽く手を挙げました。ジョーさんが頷いて、ポケットから何やらガラスの小瓶を取り出して、テーブルに近寄ります。

その瓶の蓋を開け、〈箱〉の上に持っていきました。もう一方の手には、ライターが握られています。その臭《にお》いにわたしも気づきました。まさか、あのガラスの瓶の中身は、ガソリン。

『アンダーソンさん』

お父様です。

『経済の復興なしには、海外の国々と同格の力を得ることはできない。そして、これからの世の中は、経済力の上昇こそが、血を流さずに平和を得る唯一の手段。その点だけは、私はあなたの考え方に賛成です』

『その通りだな』

アンダーソンが頷きました。

『あなたは、この国を牛耳《ぎゅうじ》るボスになりたい。しかし権力者としては既に別の人間が居る。だからまずあなたは表の政治より、裏側の経済を取り仕切ろうとした。あなたが、この敗戦国で私腹を肥やせば肥やすほど、それはこの国が豊かな経済力を持つということになる。即ち、あなたは図らずも今の日本が生まれ変わるために存在しなきゃならない必要悪という立場になった』

『必要悪、などと言われるのは心外だが、傾聴に値するご意見のようだ。続けてくれたまえ』

『あなたは力を蓄え、いざというときには〈箱〉の中身を利用して表舞台に立てばいいと考えた。だが同時に利用しようとしたこの〈箱〉の中身はとんでもない爆弾である事も認識していた。使えば確かにマッカーサーを失脚させボスになることはできるが、その存在が広く知られてしまえば、それはこの国の、打ちひしがれた国民たちの愛国心をもう一度燃え上がらせることになってしまう。この文書にはそれだけの内容が書いてある』

『成程。面白い』

『あなたは、我が国民のことを理解していた。いかに衆愚なれどその魂は高潔。この〈箱〉の中身を周知のものにしたなら、この国の侍たちは、一度は鞘《さや》に収め捨てた刀をもう一度手に取り、抜かなければならなくなるということを知っていた。たとえその命が無駄に散ろうとも今度こそ最後の一人になるまで戦うことを止《や》めはしないだろうということを。つまりあなたは、決して根っからの軍人ではないし殺人鬼でもない。戦いは、多くの人間の血を流すことは本意ではないはずだ』

『むろんだ』

　アンダーソンが大きく頷き、言います。

『戦いに血を流した間柄だが、私たちもまた、同じ人間だ。欲望はもちろんあるが、慈《いつく》しむ心だってある。無益な殺生《せっしょう》は望まない』

　張りつめた糸のような緊張感が、この部屋の中を支配していました。瓶を掲げたジョーさんは微動だにしません。ブアイソーさんは口に手を当て、じっとアンダーソンを見つめています。勘一さんは踵《かかと》をほんの少し上げています。あれは、まるで野生の獣のようにいつでも飛びかかれる体勢です。

『〈箱〉の中身の書面には、多くの日本国民がこの世にただ一人と崇《あが》めたやんごとなき方の、血を吐くような願いと苦悩が書かれている。確かにそれは、使いようによっては莫大《ばくだい》な権力と富を得ることができるかもしれないが、時期を誤れば全てが無駄になる。そしてその中身を知るのは世にただ二人。ご本人と五条辻くんのみ』

誰も、動きません。この部屋の中で動いているのは、お父様とアンダーソンの唇だけです。

『ご本人がこの文書の存在を明かすはずがない。即ち、この〈箱〉の中身の書面が本物だと世間に認知させられる人間は五条辻くんのみ。だからあなたは、いち早く動き、まず五条辻くん本人を押さえた。肝心の〈箱〉は手に入れられはしなかったものの、他の誰かが手に入れたとしても単なる偽物としてしまえばそれで済む。保険として〈箱〉の奪取を狙《ねら》いながらも、強引な手段は時期尚早と見ていたし、何より』

お父様が一度言葉を切りました。そして、静かに言いました。

『彼は、〈光全クラブ〉に囚《とら》われの身となっている。それに間違いありませんね？』

『エース』

アンダーソンが、ほんの少し息を吐きました。

『なんでしょう』

微笑みました。

『この国には、君以外に、何人の従順ならざる者が居るんだね』

ブアイソーさんが、両手を拡げ肩を竦めました。アンダーソンが大きく頷いて言いました。

『確かに、五条辻子爵のお世話をさせてもらっている。お世話というのは、これは比喩《ひゆ》ではない』

わたしは、気づかれないようにゆっくりと息を吐きました。ホッとしました。確信してはいましたが、ようやく、ようやくアンダーソンの口から父母の無事を確認できたんです。

『むろんあなたが彼らをぞんざいに扱っているとは思っていません。そこで、取り引きです。アンダーソンさん』

『取り引き』

『五条辻夫妻を今すぐ解放しろと、こちらだけに都合のいいことは言いません。現時点では、あなたには彼を押さえておくことのみが第一義のはず。彼とこの〈箱〉の中身を使うことは、現状では必ずしもベターではないと考えているはず。ならば』

アンダーソンは、拳《こぶし》を口に当て机に肘を突き、じっとお父様の話を聞いていました。

『ならば?』

『まずは、そのままにしていただきたい』

『そのまま』

そのまま、とは。お父様がわたしを見ました。

『サチ』

『はい』

『これが、現時点での最善だと、私も結論を出した。切り札である以上、アンダーソンさんは五条辻くんを手放すはずがない。私たちがどう手を尽くそうと、痛み分けどころか、敗者の悲しさで何も手に入れられずに私たちは潰《つぶ》されるだろう。だが、我々にこの〈箱〉がある限り、我々にとってもこれが切り札になる。さっきも言ったように、彼とそしてその〈箱〉の中身は、現時点ではとんでもない爆弾なのだ。ただひたすらじっとして動かさず守るしかない。ここまではいいね？』

『はい』

『五条辻くんの身柄は、このままアンダーソンさんに委《ゆだ》ねる。ただし、今まで以上に礼を尽くしたやり方で、ゲストとして扱ってもらうようにする』

勘一さんの眉間に皺が寄りました。

『時が来たなら、それはつまりアンダーソンさんにとって五条辻くんが不要になった時点で、この〈箱〉は中身とともに焼き捨て、それと同時に五条辻くんを解放してもらう』

『それは』

思わず口を出してしまいました。

『そういうときが、来るのでしょうか』

『来る』

ブァイソーさんとお父様が同時に、力強く言いました。二人で頷きあい、ブァイソーさんが続けました。

『この国が、再び我らの国として立ち上がるときが』

お父様が、ずい、と身体を前に出しました。

『いかがでしょうか。アンダーソンさん』

アンダーソンは、笑いました。いかにも可笑しそうに。

『私が首を縦に振らなければ、ここでこの〈箱〉を焼き捨てるというのかね？　それでは君たちは切り札を失うだけだ。私は五条辻氏を押さえて、さらにはこうして五条辻氏のご息女の居所も摑めた。そしてひとつ言っておくが』

アンダーソンが隣に座るお付きの方を見ました。

『彼は、先刻からずっと机の下で銃口を向けている。ジュードー使いが飛びかかろうとしたときにはもう彼の命はないだろう。この男もまた暴漢の一人や二人撃ち殺しても何とも思わない男だ。よって、この取り引きは成り立たない。君たちに勝ち目はまったくない』

『生憎《あいにく》それはあまり利口ではありませんねアンダーソンさん』

お父様が言うと、ジョーさんが少しだけ腰を捻りました。ちらりと見えたのは、拳銃です。

『この男、〈稲妻のジョー〉と異名を取っています。ボクシングが滅法強く、その右ストレートが眼にも留まらぬところから来た異名なのですが、もう一つ理由があります』

お父様は、指で拳銃の形を作りました。

『早撃ちもまた、電光石火なのですよ。正に稲妻のごとくです。あなたの隣の方が両方を一遍に倒すのは不可能でしょうね』

顔が歪みます。アンダーソンが、悔しそうにしています。

『ジョー』

ブアイソーさんが、指を動かしたと思う間もなく、ジョーさんは瓶を横にすると同時にライターで火を点けました。

「ジョーさん！」

思わず叫んでしまいました。あっという間に〈箱〉が炎に包まれました。火を消そうとしたわたしを勘一さんが止めました。

「火を！」

「サチ！　よく見ろ！」

〈箱〉が、あっという間に燃えつきました。それで判りました。いかにガソリンをかけたとはいっても、木の箱がこんなに早く燃えつきるわけがありません。アンダーソンもお付きの方もあっけにとられた表情です。ジョーさんが、ひょいとテーブルの上に飛び上がると燃えつきた灰を靴で踏みしめ、ふわりと飛び降ります。

『ご覧の通り』

お父様です。

『この〈箱〉は偽物です。すり替えておきました。そして、先程のサチの様子を見ていただいて判る通り、彼女には秘密にしていました。本物がどこに保管してあるのかは、サチは知りません。この先も、その日が来るまで教えるつもりはありません。つまり、あなたにとって、今この時点で彼女はただの女性となったのです。何も知らない市井《しせい》の女性です』

アンダーソンの眉間に皺が寄りました。

『演技、という可能性もあるだろう』

『そう見えましたか？　だとしたらあなたは彼女をハリウッドに連れていった方がいい。日本人初のアカデミー賞女優になれるでしょう』

ぐぅ、とアンダーソンの咽《のど》の奥で音が鳴りました。

『誰が、本物の在りかを』

アンダーソンが唸《うな》るように言いました。

『サチ以外の、ここと、表に居るその中の誰かが知っています』

『表？』

アンダーソンが立ち上がって窓のところに行ってカーテンを開けました。わたしのところからも見えました。

篝火《かがりび》が幾つも焚《た》かれています。そしてそこに、たくさんの人影がありました。いったい何人何十人居るのか見当もつきません。そして、その先頭に立ってこちらを見上げているのは。

「十郎さん」

いつの間にこちらに。そして、周りのあの方たちは。

『今、サチが〈十郎〉と呼んだあの男は、かつての帝国陸軍情報部きっての手練《てだれ》です。彼の周りに居るのは、彼と、そしてここに居るジョーと志を同じくする命知らずの男たちです。あなたは、本物の〈箱〉の在りかを腕ずくで知ろうとするなら、全員を相手にしなければならない。相手にしたところで吐く保証は一切ありません。むろん』

お父様は微笑みました。

『抵抗する力などない私でさえ、殺されても〈箱〉の在りかを言うつもりはありません。家族を全員殺されようともね。その覚悟を、ここに居る全員は持っています』

おっと、とお父様は言いました。

『私の隣の男は〈箱〉の在りかを知りませんよ』

ブァイソーさんが微笑みました。お父様が背筋を伸ばし、眉を顰め、アンダーソンを厳しい眼差《まなざ》しで見つめて言いました。

『あなたは、もうサチには何の用もない。そうですね？』

わたしに、用はない。

わたしは、わたしはようやく理解しました。お父様や勘一さんやジョーさん、そしてブァイソーさんが仕組んだこの舞台は、父母を解放させるためではなかったんです。いえ、もちろんそれは将来を見越してのことですが、その日までわたしを無関係な人間にするために、誰かに狙われることのない当たり前の日常を、わたしの平和な日々を約束させるためのものなのだということを。

あの日、突然のようにわたしに与えられた重いものを、全て取り払おうとしているのです。秘密を知っているのは自分たちだけになったと。わたしは何にも知らないただの小娘だと。

文字通り、自分たちの命を懸けて。

わたしの明日を作ろうとしているんです。

涙が出そうになるのを、堪えました。

しばらくの間、誰も何も言いませんでした。席に戻ったアンダーソンが、お父様に言いました。

『ホッタさん、もう一度確認したい』

『なんでしょう』

『この取り引きは、私をここから無事に解放するのと引き換えに、ミセス・ホッタは何ら無関係の人間だと保証しろという、ただそれだけのことなのだな？』

『そうです。それと同時に、〈箱〉を手に入れたという噂をあなたから流していただきます。つまり、米国は、日本を牛耳るための手段を全て手に入れたと』

『なるほど』

『それによって、サチをつけ狙う連中は、全てが潮が引くように去っていくでしょう。〈箱〉を手に入れるために、米国相手に直接喧嘩《けんか》をしかけるような馬鹿はいません』

『私が、五条辻氏をもてなしている間は、〈箱〉は君たちの手で光の当たらぬところで静かに眠るのか』

『その通りです。我々が決して起こさせはしません』

『仮令《たとえ》裏側で小競り合いが始まろうと、それは私には直接関わりのないこと、か。確かに私の方にデメリットはないな』

アンダーソンはしばらく天井を見上げ、考え込むようにしていました。が、ふぅ、と息を吐きました。

『私も命は惜しい。そして、〈箱〉の中身を手に入れるためにこれ以上の人員と時間を割くわけにもいかぬし、精神的疲労を重ねるのも馬鹿馬鹿しい』

そして、わたしを見たのです。

『ミセス・ホッタ』

『はい』

『あなたは、この日本で最も幸せな女性かもしれない。その名の通り』

名前？　少し驚くとアンダーソンは言いました。

『私もこの国を復興させようとしている人間の一人だ。多少は日本語を勉強している。あなたの名前の〈サチ〉とは、英語でHappyのことだ。そうですね？』

『その通りです』

『これだけの男たちが貴方《あなた》の身を案じ、血の流れない戦いをアメリカ相手に仕掛けてきた。しかもそれは見事に成功した』

微笑みました。先程までの笑みではありません。

アンダーソンは、紳士の笑みを浮かべたのです。

『星条旗に誓って約束しよう。その日が来るまで、自由に外出できない不自由と引き換えに、あなたのご両親を丁重にもてなすことを。そして今後一切あなたにご迷惑をお掛けしないことを』

八

闇《やみ》の中を、車は走り続けました。

わたしと勘一さん、ジョーさんと十郎さんとお父様を乗せて、東京へ戻る車です。乗用車ではなく軍用のトラックの荷台でしたが、きちんと座れるように改造してありました。十郎さんが乗ってきたものだそうです。

「サチさん」

「はい」

お父様が微笑みました。

「〈箱〉の件は、申し訳なかったね。許してほしい」

頭を下げました。

「とんでもないです！」

慌てて頭を上げてもらいました。

「びっくりはしましたけど」

ジョーさんと十郎さんと勘一さんが笑います。本当にいつの間にすり替えたのかさっぱりわかりません。あの日から、ずっとわたしは肌身離さず持っていたつもりなんですけど。

「まぁ、風呂場までは持っていけねぇからな」

勘一さんが笑います。確かにそれはそうなんですが。

「マリアがきっと謝ると思うぜ」

「はい」

だと思いました。それこそ寝るときも、お風呂に入るときもいつも一緒に居たマリアさん。

「あの」

「なんだい」

「〈箱〉は、どこに隠してあるのかは」

皆が顔を見合わせました。

「言えねぇ、ってのは判るよな」

「はい」

「と、言ってもよ」

「はい」

「実は俺たちも判らねぇんだ」

「ええっ？」

「知ってるのは親父だけでね。俺たちはそれぞれ隠し場所の答えの一部を持っているだけさ」

「一部ですか」

十郎さんが頷きました。

「その日が来たなら、私たちはそれを出しあい、全部合わせてようやく場所が判るようにしてあるのですねぇ」

ジョーさんも頷きました。

「もちろん、マリアもね」

「そうなのですか」

もし自分に何かあって、その後一人でも欠けたら〈箱〉の在りかが判らなくなってしまう、とお父様が言いました。

「皆、しばらくの間は健康に充分注意してくれ」

「しばらくですか」

「まぁ一生でもいいがね」

冗談に、皆が笑いました。

「サチさん」

「はい」

「その日は、きっと来る。〈箱〉の中身が、ただの紙っきれに変わる日がね。私たちを信じて、待っていてくれ」

「はい！」

もちろんです。勘一さんが咳払いをしました。

「親父」

「なんだね」

「まずは、これで一安心と思っていいんだよな」

そうだね、とお父様は頷きました。

「アメリカが全てを手に入れたとなれば、あえてそれを巡って戦うのは愚の骨頂だ。暴れるのはせいぜいが野にさすらうチンピラぐらいだろう。そんなものは、ジョーや十郎だけでどうにでもなる」

「介山さんところの幸子ちゃんも」

「そうだな。これで枕《まくら》を高くして寝られるだろう」

「じゃあ、俺とサチは、もう結婚は偽装だなんてしとかなくていいな？」

「しなくてもいいが、しばらくは今まで通りの方が無難だが？」

ジョーさんが勘一さんを見つめて眼を細め、それから、ヒュウ、と口笛を吹き微笑みました。十郎さんが眼を丸くしてにやにやしています。勘一さんが、頭をガシガシと掻《か》きました。その様子に気づいたお父様も何故《なぜ》かにこりと笑いました。

「何もこんなところで言い出さなくてもいいとは思うが。まぁお前らしくていいか」

笑いました。勘一さんが、わたしの手を握りました。

「サチ」

「はい」

「偽装結婚は、やめだ」

「はい」

「俺と、夫婦になってくれねぇか」

皆が、わたしの顔を見ていました。恥ずかしさに思わず顔を伏せてしまいましたが、握られた勘一さんの手を、わたしは強く握り返しました。

「不束者《ふつつかもの》ですが、どうぞ、末長くよろしくお願いいたします」

後から、勘一さんはマリアさんに怒られていました。「どうしてアタシの居る前でやってくれないのよ！」と。

＊

たくさんの日々が、平和に穏やかに流れていきました。

全てがわたしには計り知れないことですけど、アンダーソンから約束を取り付け、占領軍があの〈箱〉を、わたしをつけ狙うことはなくなりました。既に〈箱〉は占領軍が手に入れたことになったそうです。

それでも、謂《いわ》ば軍事的なバランスを無視するようなその他の勢力は、主に闇で経済を取り仕切ろうとする方々たちは居ました。そういう方々はその情報を疑い、〈箱〉を探すかもしれない。わたしに何か危険が及ぶかもしれない。

そのために、ジョーさんとマリアさんと十郎さんは、引き続き我が家で暮らしてくれたんです。幸い、図らずも手を組むような形になった占領軍の、アンダーソン一派の協力もあり、きな臭いことは一切ありませんでした。

お母さんの病気は幸い命に関わるような事にはなりませんでした。それでも、長く根気よく付き合うしかないもので、お医者様からしばらくの間は転地療養を勧められました。そのため、お父様はお母さんと一緒に伊豆《いず》の方に住むことになり、〈東京バンドワゴン〉は勘一さんに委ねられたのです。

「ま、実質的に、晴れて三代目ってことだわな」

勘一さんはにやっと笑って言いました。お店の中の棚もたくさんの古本で埋まっています。日本の古本だけではなく、外国に知り合いの多いお父様らしく、海外の雑誌なんかもたくさん並んで、華やかな雰囲気を醸し出しています。

わたしと勘一さん、かずみちゃんとジョーさんとマリアさんと十郎さん。

六人で、ずっとこの家とお店で、騒がしくも楽しい毎日を過ごしていたのです。それは、日本の復興と歩みを同じくしていました。

日本中が少しずつ豊かになっていき、町に活気が溢《あふ》れていき、人々の顔にも心にもどんどん明るさが戻っていくにつれ、〈東京バンドワゴン〉にもたくさんのお客様が戻ってくるようになりました。

昔からお付き合いのある文学者の方や、作家の方々、学問に励んでいる学生さん。海外のファッションや風俗を勉強しようとする服飾関係者や記者の方々。本当に、この〈東京バンドワゴン〉には、たくさんの人たちがやってくるのです。

そういう日々の中で、わたしは、子供を身籠《みごも》りました。

勘一さんとの子供です。伊豆に居たお父様は、名前は私がつけると張り切り、男なら〈我南人《がなと》〉、女なら〈南《みなみ》〉とするという手紙を寄越してきました。

勘一さんが、なんでこんな名前なんだと訊くと、お父様はこう答えていました。

「南の国に住みたかったんだ」

勘一さんが怒っていましたけど、わたしは良い名前だと思いました。お父様らしく、浪漫《ロマン》に溢れていると思います。


「しかしよ」

「なんだよ」

勘一さんはお店の帳場に座り込み、やってきた祐円さんと話しています。

「式はいつ挙げるんだよ。おまえ、ちゃんとうちでやるって言ってたろうが」

勘一さんが苦笑してわたしを見ました。わたしも微笑んで頷きました。

「サチのご両親がな、帰ってきてからさ」

祐円さんには、わたしの父母は仕事の関係で遠い外国に行っていると説明してあります。いつか、時代が変わり、あのことが夢の中の出来事のように思える日が来た頃に、きちんと説明してやるさ、と勘一さんは言っていました。

「で、いつなんだよ帰ってくるのは」

「そうさなぁ」

勘一さんが顎《あご》に手を当てて、擦《こす》りながら外を見ました。

「まぁ、あと二、三年か四、五年ってとこかな」

わたしを見て、微笑みました。

＊

そうして、昭和二十七年四月。

あのアンダーソンがアメリカに帰っていきました。たった一言書かれた手紙がわたしたちに届きました。

〈Over〉

何もかもが、終わったということです。日本は、日本を取り戻したということです。

少しだけやつれてはいましたが、わたしの父と母が〈東京バンドワゴン〉にやってきたのは、それから三日後のことでした。

祐円さんの神社でのお式には、伊豆で暮らしていたお父様とお母さんも足を運んでくれました。もちろん、かずみちゃん、ジョーさん、マリアさん、十郎さん、そして海坊主さんに、山坊主さんに川坊主さん、ネズミさんも出席してくれました。その他にも少しずつ交流の戻ってきたわたしの女学校時代のお友だちも。そしてご近所の皆さんも、〈東京バンドワゴン〉を支えてくれたたくさんのお客様も。

境内に並んで写真を撮るときに、写真機の調子がどうも悪いと写真屋さんがどたばたしていました。皆が並んで準備が整うのを待っているとき、ふいに歌声が聞こえてきました。

マリアさんです。後ろの方でマリアさんが、ニコニコしながら〈My Blue Heaven〉を歌い出しました。すぐにかずみちゃんがぴょんと前に飛び出して、合わせて歌い始めました。ジョーさんが口笛でそれに合わせました。英語で歌い始めたマリアさんが、途中から日本語に切り替えました。

　せまいながらも楽しいわが家
　愛の灯影《ひかげ》のさすところ
　恋しい家こそ私の青空

十郎さんも、勘一さんも、お父様も、結婚式に来てくれた皆が、声を揃えて、同じように歌いました。

帰る家がある。幸せはきっとそこにある。そういう希望の歌です。

戦争に負けたときでも、強く生きようとしていた皆の胸から、希望の灯は消えることはありませんでした。

それはきっとこれからも消えることはないはずです。こうして、わたしたちの国が、家が、新しく甦《よみがえ》ったのですから。

皆さんが、笑顔と拍手で、わたしたちの結婚を祝福してくれました。

わたしと勘一さんの横には、可愛い一人息子の我南人もいます。

紺碧《こんぺき》の空の下。

わたしは、歌いながら、幸せな、本当に幸せな涙を流していました。

そうして、一生〈堀田サチ〉として、〈東京バンドワゴン〉を我が家として生きていくことを固く固く心に誓ったんです。

epilogue

昭和三十七年四月

我南人が無事に高校に入学したその日に、アメリカで暮らすジョーさんと十郎さんとマリアさん、三人の連名で大きな荷物が航空便で届きました。

「なんだぁ？」

「なんでしょうね」

三人は、それまでにもお店用にと、アメリカの古い雑誌や本などを送ってきてくれてはいましたが、こんな大きな荷物は初めてです。しかも宛先《あてさき》は〈我南人様〉なんです。

何を送ってきたのかと皆で開けてみたところ、中から出てきたのは。

「まぁ」

「へぇ」

エレキギターでした。きれいな朱色とクリーム色のツートンカラーをしています。

「いいねぇー、これぇ」

まだ三人がこの家で暮らしていた頃、小さい我南人に、ジョーさんやマリアさんや十郎さんはたくさんの音楽を聴かせていました。そのまま家に置いてあったピアノやドラムスやベースを演奏して、我南人は本当に嬉《うれ》しそうに、音楽を楽しんでいたのです。特に十郎さんは我南人を我が子のように可愛がっていました。あの子の変な口調は、きっと十郎さんのものがうつったんですよ。

我南人は、眼を輝かせてそのギターを手に取りました。弦は張ってありませんけど、荷物の中にたくさん入っていました。

「最高だねぇ」

「いいのかしら、こんな高そうなものをいただいて」

「いいんじゃねぇのか？　あいつらも我南人を息子みたいに思ってるからな。貰《もら》っとけ貰っとけ」

「お礼の手紙書かなくちゃ。そういえばあなた、かずみちゃんからも贈り物貰ったのに、手紙書いてないでしょ」

「そうだったねぇ、書かなきゃぁ」

「筆無精は遺伝だな」

勘一さんがからからと笑いました。

「親父《おやじ》ぃ」

「なんでぇ」

我南人が、ギターをぐっと握りしめ、大げさに天に掲げて言いました。

「僕はぁ、ミュージシャンになるからねぇ」

「あ？」

「この〈東京バンドワゴン〉は、僕の子供たちに継がせるよぉ」

「なんでぇそりゃ」

我南人は笑って言いました。

「だからぁ、それまでぇ、孫が大人になってこの家を任せられるようになるまで、思いっきり元気で長生きしてねぇ」

勘一さんは、へっ、と笑いました。

「当たり前よ。てめぇに言われなくたってな、いい加減いつまで生きるんだっていうぐらい、長生きしてやらぁ」

あの頃、たくさんの涙と笑いをお茶の間に届けてくれたテレビドラマへ。

作中の出来事、登場人物、名称などで一部史実と重なる部分がありますが、基本的には全て作者の創作であり、フィクションです。風俗史なども作品の世界観に合わせアレンジしている部分もあります。ご了承ください。また執筆にあたり、山田風太郎著『戦中派不戦日記』(講談社文庫)、滝大作監修『古川ロッパ昭和日記』(晶文社)、青木正美・西坂和行著『東京下町100年のアーカイブス　明治・大正・昭和の写真記録』(生活情報センター)、林忠彦『カストリの時代』(PIE BOOKS)、その他インターネット上の様々な戦後昭和史に関する記述を参考資料とさせていただきました。多くの方々の文業に心からの賞賛と共に、厚く御礼申し上げます。

解説

岸田安見

「何かおすすめの小説ありませんか？」

もし、店頭でそう聞かれたら、老若男女問わずに差し出してしまう小説。それがこの皆様が手にしている『マイ・ブルー・ヘブン　東京バンドワゴン』を含むシリーズの一巻目『東京バンドワゴン』です。

書店員をやっていると、たまにこういうお問い合わせを受けます。正直、お客様によって求めている本は様々で、趣味趣向も人それぞれ。お客様のご要望に近い本を探すことは実は相当難しいのです。そんな中で、この『東京バンドワゴン』は私の中でいつしか万能薬のようになっていました。差し詰めお客様にとっては、打ち上げ花火のような小説とでも言いましょうか。

だから、おすすめの小説は？　と、お問い合わせを受けたなら、「そうですね〜。お客様はミステリー読みますか？　それとも恋愛モノがいいですか？　いつもどんな本を読まれていますか？」と、お客様の読書傾向を探りながら、一緒に書棚を巡ります。

お客様の好みを取り入れながら、最近話題の作家さんや、自分が読んで面白かった作品などを数点選ぶ中に『東京バンドワゴン』も必ず入れて、他の作品のあらすじを説明。そうして最後にご紹介するのが、古本屋兼カフェを営む堀田家とそこに集う面々が織りなす『東京バンドワゴン』なのです！

さて、少し戻りまして、なぜ『東京バンドワゴン』が打ち上げ花火のような小説なのか？　打ち上げられるまでは、ただ花火を見たいという気持ちが観客にはあります。でも、打ち上げられ、夜空に広がる花火を見る時、個人が抱く感想は様々でしょう。燃えて発色する火花に目を奪われる人、きれいで変わりゆく形状に惹かれる人、体の奥底をドンと突き上げる振動や音に生きていることを実感させられる人、そして全体的な花火の美しさにため息をつく人――。

読むまではわからない。けれど、読む人によってはホームドラマとも、ミステリーとも、いかようにも受け取れる『東京バンドワゴン』は、さながら「本の世界の打ち上げ花火」なのではないか！　と突拍子もない結論に至ったのですが、考え方が飛びすぎですか？　でも、そんな事もないんですよ。

『東京バンドワゴン』を読んだ友人に感想を聞くと、家族っていいなぁと思うとか、四季の描写が好きとか、本当にいろいろな意見が出てきます。

そこで、私の独断と偏見による『東京バンドワゴン』はこんな小説！　と、次の四つに分けてみました。

まず一つめは、王道ホームドラマ。家族小説。四世代にわたる大家族ですから、いろいろな所から問題が出ては家族で協力して解決していきます。あと、家族のご飯風景が最高なんです。誰が誰に話しているのか、食事の好みや世間話や家族の話、目まぐるしいけれど、読んでいると楽しい。家族っていいなぁとしみじみ思える！

二つめは、本にまつわる日常ミステリ（殺人事件が起こらないミステリーを日常ミステリと呼びます）。記念すべき第一作『東京バンドワゴン』では、古本屋・東京バンドワゴンの一角に朝現れて夕方消える百科事典の謎や、破り取られた文庫本のページが猫の首輪に挟まれる理由を家族みんなで考えます。

第二作『シー・ラブズ・ユー』では、自分が売った本を変装して買いに来るという不可解な行動をする客が現れたり、東京バンドワゴンが作成した目録の検印が事件現場で発見されたりと、堀田家の面々と一緒に読者も思わず推理をしたくなる謎に出くわします。

そうして第三作『スタンド・バイ・ミー』。買い取った本に書かれた「ほったこんひとごろし」（堀田紺は東京バンドワゴン主人・勘一の孫）のメッセージに、家族は騒然。その後、一件落着と一息つく間もなく、アメリカから送られてきた大量の古本と共に新たな問題が持ち上がります。

これでもかというくらい、本に関する謎は跡を絶ちません。その本の謎を解くことが同時に、人間関係のもつれをほどいていくことになったり、家族の隠された秘密が明らかになったりするから、また読んでいて面白い。よくぞ、こんな趣向を!! とワクワクさせてくれるのです。

三つめは、人情小説。下町に息づく義理人情がぎっしり詰まっているのはもちろんのこと、勘一を始め、堀田家の人間も周りの人々も、心意気が格好いい！　正しきこと、物事の善悪、人の気持ちの美醜……生きていく中で人が身につけていくべき真善美が、彼らの言動から伝わってきます。

四つめは、キャラ立ち小説。魅力的なキャラクターが出てくる小説をこう呼ぶことが多いのですが、『東京バンドワゴン』もしかり。江戸っ子の勘一も捨てがたいけれど、ここはやはり勘一の息子・我南人です。「LOVEだねぇ」と言いながら、事件解決に暗躍する六〇歳の伝説のロッカー。でも、我南人だけじゃありません。堀田家は大家族。

しかもご近所さんや古本屋の常連さんも巻き込んで展開される物語には、かならず自分のお気に入りのキャラクターや、気持ちが寄り添う人物が見つかります。彼らの誰かに共感して、物語を愉しむのもありなんです。

はい。『東京バンドワゴン』がいろいろな小説になってしまいました。そうです。だから、読んだ人それぞれが、自分の小説にしてしまえる懐の深さがある『東京バンドワゴン』は、どのような種類の本を求めている方にもおすすめできる不思議な小説、打ち上げ花火のような小説なのです。ご納得いただけましたか？

そして、『東京バンドワゴン』のもうひとつの魅力といえば、二年前七六歳で亡くなった堀田家の大ばあちゃん・サチさんの語り口です。幽霊だから、いろいろな場所に出没して、家族の動向を私たち読者に伝えてくれるのですが、サチさんの目線で語られる人々はとっても生き生きしていて、彼らがぐっと身近に感じられます。サチさんのあの全てを受け入れてくれそうな、慈愛に満ちた眼差しと家族への思いは温かくて、なんだか読んでいてほっとする。なのにシリーズが進むにつれ、天の邪鬼《あまじやく》な私は、サチさんに対して、こんな善人がいるものかしら。なーんて斜めに読むようになってしまっていました。

というのも、サチさんにかかってしまうと、みんなきれいなお嬢さんになって、出てくる人みんないい人になっちゃって……。そう素直に思えるサチさんに共感しづらくなってしまったからです。嫉妬も喧嘩もたくさんする私、人として出来ていないことを浮き彫りにさせられているような気持ちに……。こう思うことこそが性格の悪い一端を垣間見せていると思うのだけれど、どうしようも出来ません。

さて、そんなひねくれていた私の気持ちをぐぐんと救ってくれたのが、『東京バンドワゴン』番外編となる本作『マイ・ブルー・ヘブン』です。

約六〇年前に遡るサチさんと勘一の出会いからサチさんの生い立ち、『スタンド・バイ・ミー』でも名前の出てきたジョーさん、マリアさん、十郎さん、かずみちゃんが堀田家に来た経緯が詰め込まれ、いつもの『東京バンドワゴン』とは一風変わった冒険モノです。

華族の娘であったサチさんは、ある文書を守る為、両親と離ればなれになり、ひょんなことから勘一の嫁として、堀田家に居候することになります。サチさんの両親の捜索、ジョーさんの母親の登場に、マリアさん父子の確執、そして堀田家のルーツを知る物語でもあり、更には、ある目的のためにみんなでジャズバンドまで組んでしまいます。ドタバタする展開もありますが、語り手は一八歳のサチさんなので、勘一とアメリカ兵の取っ組み合いも女子目線。勘一がやたら格好良く感じられたり、サチさんの気持ちが文字通り手に取るようにわかるので、ハラハラドキドキ！

周りの人たちが両親の行方を命がけで探ったり、助けようとしてくれることが嬉しいのに、何も恩返しできない自分を責めながらも、笑顔だけは忘れまいと笑うサチさん。辛い状況に陥った時に、みんなからもらった優しさや支えてくれた心強さをずっと大切にしています。

あ。そこでふと納得。だから、サチさんの視線には何事も受け入れてくれるような慈しみがあり、優しさがにじみ出ているのだと。人から優しくされて幸せだと思うなら、自らも人に優しくあること。そう、サチさんの根底にはきっとこんな考えがあるのでしょう。

そう考えていくと、やっぱり『東京バンドワゴン』は、サチさんという語り手がいなければ完成しない。家族を温かく見守りつつ、聞こえないとわかりつつも、夫である勘一にツッコミを入れたり、曾孫《ひまご》である研人をたしなめたり、息子である我南人に呆れたりするサチさんがいるからこそ、読者もサチさんと一緒になって、堀田家に存在しているような気分を味わえてしまうのです。

そうだそうだと、昔の読書ノートをめくってみる。二〇〇六年四月四日のページに書かれた『東京バンドワゴン』の感想。「とにかく楽しい！　大家族の楽しさが存分に伝わってくる。日常の謎と人情話が融合して、読んでいる間は謎を考え、読んだ後は心がほかほかする。家族の一人一人が生き生きと描かれていてとても面白い！　一番いいのは語り手であるおばあちゃん！　あのおっとりとした温かい視線は素敵です」

そうです。初心を忘れていました。本を読んだ後すぐの、何も飾らない率直な感想では、サチさんが大好きな私がいました。好きだからこその反発、反抗期みたいなものだったのでしょうか……。

というわけで、私をますます『東京バンドワゴン』好きにさせてしまった番外編『マイ・ブルー・ヘブン』。

四季の移ろいと共に起こる様々な事件を家族総出で解決していく、いつもの話ももちろん面白いけれど、ファンサービス的な番外編をまた読みたいと思うのは私だけではないはず。個人的な希望を言うなら、次回はぜひ秋実さんに、家族に堀田家の太陽と言われている、我南人の奥さんだった秋実さんに会いたいです！

さて、秋実さんに会えるかどうかは今後のお楽しみとして、皆様の中で『東京バンドワゴン』は、一体どんな小説になりましたか？

（きしだ・やすみ　書店員・ブックファースト阪急西宮ガーデンズ店勤務）

ＪＡＳＲＡＣ　出１１０２４８０‐１０１

この作品は二〇〇九年四月、集英社より刊行されました。

集英社文庫

マイ・ブルー・ヘブン　東京《とうきょう》バンドワゴン

2011年4月25日　第1刷　　定価はカバーに表示してあります。

著　者　小路幸也《しょうじゆきや》

発行者　加藤　潤

発行所　株式会社　集英社
東京都千代田区一ツ橋2-5-10　〒101-8050
電話　03-3230-6095（編集）
03-3230-6393（販売）
03-3230-6080（読者係）

印　刷　凸版印刷株式会社

製　本　凸版印刷株式会社

フォーマットデザイン　アリヤマデザインストア　　マークデザイン　居山浩二

ISBN978-4-08-746686-7 C0193